ポルタ文庫

犬神様のお気に召すまま

三萩せんや

新紀元社

目次

プロローグ

人生最低の日

人生に下り坂が存在するのなら、今日は間違いなく底だ。


じめついた夏の夜空に月が浮かぶ、八月下旬の都心のとある住宅街。

そこに並んだアパートの一室、電気もつけていない暗闇の中。自分に覆いかぶさる見知らぬ男を見て、雨宮絢子《あめみやあやこ》は先のように思った。

神社への日帰り旅行から帰ってきた矢先のことだ。

最近一人暮らしとなってしまったアパートの自室へと入り、鍵をかけ、誰もいないはずの部屋の電気をつけようとしたところで、不運なことに空き巣と遭遇してしまったのである。部屋は二階なのだが、空き巣は外の木をよじ登り、ベランダからピッキングで窓を開けて入り込んでいたようだ。

……最悪だ、と絢子は思う。

このまま酷《ひど》い目に遭わされるのか。それとも、一瞬で人生を終わらせられるのか。

穏便に見逃してくれたらいいんだけど……。

そう考えるも、この押し倒された状態では期待できない。

長く伸びていた髪を掴まれ引きずり倒され、そのまま組み敷かれたのだ。肩も脚も、押さえ込まれていて動かせない。

ぶつけたところも痛い。ずく、と鈍痛が走っている。幸い、酷い怪我はしていないが、明日には青痣《あざ》になっていることだろう。

……明日、その痣を確認できる状態にいられるかも分からないが。

じわ、と蒸し暑い部屋の中、絢子の背筋に汗が滲《にじ》む。

そんな状態で絢子が抱えているのは、神社から授与されてここまで大事に運んできた御札を入れた木箱のみ。なぜか放り出すこともできず、床に倒されたあとも抱きしめていた。

だが、これは暴漢撃退の武器ではない。

罰当たり覚悟で空き巣に向かって投げつけても、まったく効果がないだろう。

（ああ……だめだ……）

ぬっ、と男の手が首に伸びてきて、絢子は抵抗を諦める。

神社を参拝したことで朝よりも元気を取り戻していたが、元より今日まで続いた不運の連続で気力も尽きかけていたのだ。

そのせいか、悲鳴すら出なかった。そして、やけに冷静だった。

あまりの無抵抗ぶりに、自分でもちょっとひく、と絢子は他人事のように思う。でも、疲れてしまっていたのだ。

この世の中に。この生活に。人生に。

（私の人生、二十九年か……思ったより短かったな……）

痛いのも苦しいのも嫌だけれど、この状態ではどうしようもない。目を閉じて、絢子が覚悟を決めた時だった。

「おい、馬鹿者。何をしている」

呆れたような男の声が、凛《りん》と部屋に響いた。

瞬間、さぁっ、と涼しい風が吹いた。

同時に、身体が軽くなるのを絢子は感じた。押さえつけられていたはずの身体が自由になったらしい。でも、なぜ……。

「お前に言ったんだぞ、雨宮絢子。まったく……何を諦めているのだ、馬鹿者め」

……え、なんで私の名前？

驚いて絢子はパッと目を開ける。

瞬間、暗闇の中で輝く白い光が見えた。

空き巣の男の背後に光が――否《いな》、光る大きな白い犬のようなものがいた。それが、空き巣の男の首を咥《くわ》えて地面に引きずり倒している。

　空き巣は死んでいる……わけではないようだが、失神しているのか、ぴくりとも動かない。

「……犬？」

「狼《おおかみ》だ」

　呆然と呟いた絢子に、光る白いそれが喋った。

　白い狼？　赤い眼で――喋る？

　びっくりして硬直する絢子に、白い狼がやれやれというように首を振る。

「説明が必要だとは思うが……とりあえず、これをどうにかしてからだ。警察を呼べ」

　床に転がった空き巣の身体《からだ》を、たしたし、とその前足で踏みつけて、狼は絢子に言い聞かせるように命じてくる。

　……確かにこれは、どうにかせねばなるまい。

　絢子は混乱しながらも、狼に言われた通りに電話で警察を呼んだ。

「あれ……？」

　警察官がやって来た時、白い狼は部屋から姿を消していた。

　さっきのは夢か幻か、錯乱状態が見せたのかも……では、どうして自分は空き巣を撃退できたのだろう……そう不思議に思いながら、絢子は空き巣をしょっぴいていった警察官を見送り、今度は誰も入り込まないようにときちんと施錠した玄関から部屋に戻って――。

ギョッとした。

真っ白い狼が、ベッドの上に横たわっていたからだ。

「な、なな、なん……なに……⁉」

「だから、狼だと言っている」

それは分かってるけど、と絢子は口をぱくぱくさせた。

――なんで狼が部屋にいるの⁉　なんで喋ってるの⁉　っていうか、ナニコレ⁉

そんな言葉が、絢子の頭の中でぐるぐるする。

だが、口から言葉として出ていかない。変な呼吸になるだけだ。空き巣と遭遇した時も、こんな焦り方はしなかったというのに……空き巣と遭遇することは想像できても、普通、喋る狼と部屋で遭遇するという想像はしないからだろうか。

「ふむ……」

壁にへばりついて怯《おび》える絢子に、狼はため息をついた――ように絢子には見えた。実に人間らしいその仕草に、絢子の頭がわずかに落ち着きを取り戻す。

……と、そこでこの狼に助けられたのだと気づいた。

いろいろ疑問は頭の中で渦巻いたままだが、その事実については理解した。狼が助けてくれた、だから空き巣を撃退できた……そう結びつけるのは、他の謎について考えるより、ずっと簡単だったからだ。

この白い狼に聞きたいことは、たくさんある。だが、それよりも言わなければならないことがある。

絢子は狼に、恐る恐る声をかけた。

「あの……ありがとう、助けてくれて」

「礼には及ばん」

言いながら、狼はぱったぱったと尻尾をゆっくり左右に振った。

言葉とは裏腹に、お礼を言われて満更《まんざら》でもないようだ。

犬みたい……と思いながらも、絢子はまじまじとベッドの上の存在を見る。

ハスキー犬よりも精悍な顔つきで、真っ白な毛もふさふさで——何より大きい。全体的に、大型犬よりも大きい。耳も目も、口も鼻も大きくて、四肢が太くて、寝そべっているその大きさは、日本人女性として平均的な身長である絢子と比べても二回り以上大きい。声からして、中に男性が入った着ぐるみなのかもしれない……。

「さて、雨宮絢子」

「は、はい」

「我が名は白狼《はくろう》。一年間、お前を護《まも》ることになった犬神だ」

「え？　犬神……？　狼なんじゃ……？」

「大神ではあるな。ああ、あと百も承知とは思うが、犬神と言っても妖怪の方ではない〝神使《しんし》〟なのでな。安心しろ」

……うん？　と絢子は首を傾げる。

頭の落ち着きは取り戻しつつあったが、それでも混乱は続いていた。

部屋に空き巣がいたと思ったら、狼が退治してくれて。そもそも部屋に狼がいることが謎で。その狼が人語を喋って自分の名前を知っていて、犬神でしんし――。

「英国紳士的な犬神様ってこと……？」

「……神の使いと書いて〝神使〟だ。絢子よ、お前、今日どこに行ってきたか忘れていないか？」

呆れたような声音で白狼と名乗った狼が言った。

ぱちくり、と絢子は目を瞬《しばたた》き、

「どこって………あ」

そうだ、と思い出した。

今日、絢子は神社に行ってきたのである。

関東最大の山脈にある月芳山《つきよしざん》。その頂《いただき》に鎮座する、月芳神社に。

白狼の言った〝神使〟とは、文字通り神の使いだったり眷属《けんぞく》だったり、時には神そのものだったりする特定の動物のことである。

稲荷神社は狐、天満宮は牛、などなど。

神社によって異なるが、参道を見守るように置かれた狛犬の代わりに、神使の像が置かれていることも珍しくない。兎《うさぎ》、猿、鳥など様々な動物が神使とされていて、一風変わったその神使の石像を一目見ようと神社を巡る者もいるという。

月芳神社の神使は〝お犬様〟——山犬《やまいぬ》。

つまり、狼だ。

そこで絢子は、自分が大事に抱えて持ってきた木箱と、そこに入っている御札のことを思い出した。

この御札は、月芳神社から授かってきた『御眷属拝借札』というものだ。

これは〝御眷属様〟——つまり月芳神社の神使である犬神・お犬様をお借り受けし、一年の間、諸難からお護りしてもらうというご利益《りやく》のある札である。

だがしかし、そのお犬様が目に視える形だとは。さすが関東一のパワースポット。

霊験あらたかな神社だと、御札にそんな力が宿っていることも——。

「——いや、ないでしょ。ないない」

おかしな考えを払おうとするように、絢子はふるふると頭を振った。

冷静に考えて、あり得ないと思う。

確かに、縋《すが》るような気持ちで神社へと行った。現状をどうにかしたくて、ご祈祷《きとう》を受けて、この神札《しんさつ》を授かってきた。

だが、その御札の力で、神様が目に視える形で姿を現すなんて……そんな不可思議なことが、この世の中にあるわけがない。

「それが、あるのだ」

否定する絢子の言葉に、白狼が真面目な様子でそう答えた。

彼はのそりと起き上がると、横たわっていたベッドの上から、とっ、と軽やかに床に下りた。そうして躊躇《ためら》うことなく絢子に近づいてくる。

「え……ええと……」

「こら、逃げるな。別に取って食いはしない」

じりじりと後ずさっていた絢子に、白狼は穏やかな口調で言い聞かせる。

だが、相手は狼だ。

これが幻覚でないというのであれば、危険な獣を前に「逃げるな」と言われても無理である。そもそも幻聴のように人の声が聞こえている時点で……。

「怖いのか?」

白狼に尋ねられて、うっ、と絢子は呻《うめ》く。

「は、はい……」

……そう、怖い。

狼が狭い部屋にいて、自分に近づいてきているのだ。怖くないわけがない。

そもそも、こんなにハッキリと幻覚を見て、幻聴を聞いているかもしれない、そんな自分の状態が、何より一番怖い。今すぐ病院に駆け込むべきなのでは、と考えているほどには怖い。

「ふむ。そうか……」

白狼はわずかに考えるように宙を見て、

「……では、これならどうだ？」

そう言った瞬間、白狼が白く眩《まばゆ》い光に包まれた。

「わっ……!?」

突如として部屋に満ちた光に、絢子は驚き、ギュッと目を瞑《つむ》る。まるで部屋の中に太陽が現れたようだった。眩しい――。

……しばらくすると、光が収まる気配がした。

絢子はそろりと目を開けたが、太陽を直視してしまった時のように、ぼんやりとしてよく見えない。

だが、大きな白い影が見えた。その輪郭が徐々にはっきりとしてきて――。

「これなら怖くないのではないか？」

びくっ、と絢子は後ずさった。

瞬間、足を滑らせてバランスを崩す……だが、転倒はしなかった。

白狼に手を取られたからだ。

「気をつけろ。俺がこの姿になって手を取らなければ、壁に頭をぶつけていたぞ……おい、どうした？　ぶつけていないだろうな？」

ぼんやりしている絢子に、白狼が手を握って支えたまま尋ねる。

絢子は、それにも反応できなかった。

……見惚《みと》れていたのだ。

誰もまだ触れていない新雪のような白銀の長い髪、夕焼けの空を閉じ込めたような赤い眼に。

目の前に突然現れた、背が高い、美しい和装の男性に。

「おい。絢子」

名を呼ばれて、絢子はようやく我に返った。

だが、それによって、堰《せき》を切った急流がどっと溢《あふ》れるように、頭の混乱も一気にぶり返した。

「だ――だれ⁉」

「白狼だ」

切迫して尋ねる絢子に、美しい男性は目を瞬いて答えた。

「いや狼だったよね⁉」

「お前が怖がるので人の姿を取ったのだが」

「いやいや怖いです、全然怖い」

「はて？　では、狼の姿に戻る――」

「そうじゃなくて！　怖いのは、そうじゃなくて！」

狼が部屋にいることが怖かった。

だが、その狼が人の姿になったことも怖ければ、そもそも自分の頭が、認知が、本格的におかしくなってしまった可能性もあって、それを考えるのも怖い。

そんな絢子の傍らで、うん？　というように白狼は首を傾げている。

「何が怖いのだ？」

どこから説明したら、いやそもそもこの状況はナニ、と絢子が頭を抱えていると、白狼が尋ねてきた。困ったような顔をしている。

困っているのはこっちなんだけど……と思いながら、絢子はまず白狼に確認することにした。

「ええと……白狼……さん？」

「白狼でいいぞ。あと変に畏《かしこ》まるな。人間にとっては長い時間の付き合いになるからな、気楽に話せ」

『長い付き合い』という言葉にまた疑問を覚えつつ、絢子は一つ一つ積み重なった疑問を潰《つぶ》していくことにした。でないと、途方に暮れることになる……そう考えられる冷静さも、自分を保つために失うわけにはいかなかった。

「ええと、じゃあ白狼……は、犬神様なの？」

「そうだ。さっきも言ったが、妖怪にも犬神というものがいてな、だが、そうではなく、俺は山犬――狼の神だ。なので大神《おおかみ》とも呼ばれている」

「月芳神社の、ご眷属様……？」

「いかにも。しかも眷属にはいくつか群れがあってな。俺はその群れの一つを率いる総代。犬神の中でも偉い方なのだ」

自慢げに胸を張る白狼に、混乱していた絢子の心に喜びが湧いた。

「や、やった……これで私の運気も爆上げ――」

――と、そこまで喜びを叫びかけてから、はた、と絢子は言葉を途切れさせた。

ふと、尤《もっと》もな疑問に気づいたからだ。

「あの……どうしてそんな偉い犬神様が、ここにいるの？」

「だから言っただろう。『一年間、お前を護ることになった』と……お前の運気が酷すぎるので、特別に山犬たちの群れの総代である俺が、こうして直々《じきじき》に出向いてやったのだ。並の山犬には荷が重すぎるのでな」

「……私の運気、そんなに悪い？」

「自覚はあるだろう？」

白狼に目を細めて言われ、絢子は苦笑いを浮かべる。

……そうだ。最近の運気が酷い自覚はある。

だから、どうにかしたくて、たとえ厳しい神様にだって縋《すが》りたくて、今日、遠路はるばる月芳神社へと行ったのだ。もう、他にどうしたらいいのか分からなくなっていたから……。

絢子は、そろ、と白狼を見る。

確かに人間離れした美しい男性だ。

彼が纏《まと》う空気にも、どこか山頂の神社の中で感じたような清澄さがある。

だが、まだ目の前にいるのが犬神様だとは簡単には信じられない。新手の大胆な詐欺師かもしれないし、そもそもやはり自分の認知に異常が出ている可能性が……。

「信じていいぞ」

怪しんでいた絢子に、白狼がさらっと言った。

「まあ、突然、神を名乗る者が現れれば普通は胡散臭《うさんくさ》く思うだろうし、これまでのお前の惨状を考えれば、自分がおかしくなったんじゃないかと思ったり、こいつは大胆な詐欺師なのでは、と疑心暗鬼になるのも分かるが」

「え……まさか心を読めるの？」

「神使と言っても、一応、神だからな。そういうこともできる……が、今のは別に、心を読むような手間をかけたわけでもない。お前の顔にそう出ていたからだ」

指摘されて、絢子はパッと両手で頬に触れた。

それから、はた、と気づいて尋ねる。

「……これまでの私の惨状を知っているのは、神社で願掛けをしたから？」

「それもあるが——そもそもお前、それも顔に出ているぞ」

「えぇ……？」

どこ？　どこに出てるの？　と絢子はぺたぺた己の顔を触って確かめる。そんなに不幸そうな顔をしているのだろうか、と。

そんな風に頭を悩ませる絢子に、白狼は笑いかけた。にっ、と上げた口の端から、人にしてはやけに長い八重歯を覗かせて。

そうして犬神だと名乗った白狼は、堂々と胸を張って言う。

「というわけで、お前の運気、爆上げしてやろう。厳しいからな、覚悟しろ」

不運続きの絢子と、山犬たちの総代である犬神様・白狼。

運気上昇を目指す、一年間を期限とした二人の同居生活がここから始まる――。

第一章

犬神様の生活改善プラン

雨宮絢子は現在、二十九歳。

油断すると頭の中が『結婚』の二文字で埋め尽くされる時期にいた。

世間には、独り身を肯定する言葉が増えてきた。

だが、絢子の両親は古い価値観の持ち主。そういう教育のもとで育った絢子が、独身でいることに自然と焦りを覚えていたのが、ここ一、二年ほどのことだ。結婚を前提に付き合っていた彼氏はいたので、そろそろ具体的にそういう話を……と思っていた。

……その彼に振られてしまったのが、年末のことである。

かと思えば、突如として不運の一言で片付けられない世界レベルの異常事態が発生。ドミノ倒しのように大不況の煽《あお》りを受けた会社から、先月リストラされてしまった。

半年前には、まるでそんな未来の気配すら感じられなかったのに、一寸先は本当に闇《やみ》である。見えているようで、何も見えない。自分も倒れるドミノの一部だなどと、それまでの絢子は思ったこともなかった。

絢子は、このまま何となく会社を寄る辺《よるべ》に生きていくのだろうと思っていた。このまま何となく結婚して、何となく時間が過ぎて、平凡に生きていけるのだろう、と……。

……だが、ようやく気づいた。

立て続けに平凡な幸せが手から零《こぼ》れていって、自分が墜落寸前の低空飛行を続けていた、と。頑張って飛ぼうとしなければ、重力に負けて地面すれすれになり、あっ、と思った時には墜落してしまうのがこの世らしい、と。

やがて世界は平時に戻ったようだが、絢子自身は不運なままだった。

彼氏なし。職もなし。友人たちは結婚と出産を機に疎遠になった。失業給付金は入ってきているが、貯金は残りわずか……。

実家があることは、まだ救いなのかもしれない。だが、「結婚しないなら帰ってくるな」と親に言われてからここ数年は連絡を取っていないので、「失業したから」と都合よくは帰れない状態だ。

加えて、ここ最近は、たとえ神様を信じていなくてもお祓《はら》いに行った方がいい、と思うような残念な出来事の連続だった。

引き籠っていてはいけない！　と勢い込んで家から出れば、出た瞬間に野良猫の糞《ふん》を踏み、出先ではゲリラ豪雨に降られるわ財布を落とすわという大惨事。財布を見つけた頃にはすっかりお札《さつ》は抜かれていて、中まで雨でぐちゃぐちゃに濡れてしまっていた。

そんな日があったかと思えば、数日のうちに心の癒し場だった公園に暴走族がたむろし始め、近所のやんちゃな子供たちにやたらとピンポンダッシュをされるようになった。

かと思えば、同じアパートの隣の住人と間違えられて、怖い人たちに「金を返せ！」と昼夜問わず呼び鈴を鳴らされドアを叩かれまくる。

そして、それらとは何の因果関係もないはずなのに、おぞましい虫たちが玄関前で大行進をするようになってしまった。家に入られるのも時間の問題のように思えて、泣きながら掃除をしたのだが、まるで改善されなかった。

うるさい。怖い。気持ち悪い。

……というか、ちょっとおかしいのでは？

毎晩、近所の暴走族がバイクを唸《うな》らせる音や怖い人たちが隣の部屋のドアを叩く音に怯え、毎朝、誰に頼ることもできずに一人で気味の悪い虫の始末をしていた絢子は、そこで我が身の置かれた危機的状況に気づいた。

これはおかしいのではないか、もしかしたら墜落寸前なのではないか、と。

だいぶ遅い気づきだったが、それでも墜落前に気づけたことは幸いだったと思う。

……そうだ、月芳神社へ行こう！

そんな風に絢子が思い立ったのは、このギリギリの状況をどうにかしなきゃ、と切実に考えた時だった。神頼みはどうかとも思ったが、助力を頼めるのは、もう神様くらいしか思いつかなかった。

関東一のパワースポットと名高い『月芳神社』は、関東最大の山脈にある〝月芳山〟という標高千メートルを超える山の頂に社殿を構えた神社だ。

月芳山は、過去には修験道《しゅげんどう》の地とされてきた霊山。神社までのルートも、車が通れるように整備がされているとはいえ曲がりくねった山道で、気軽に参拝できる立地ではない。

それゆえか「呼ばれた者しかたどり着けない」という噂がまことしやかに囁《ささや》かれており、スピリチュアルな界隈《かいわい》では〝気の厳しい神社〟とも評されていた。普通に考えても、体力がない者がたどり着くのは難しい立地だ。

だが同時に、参拝すると人生が変わる、という噂もあった。

その噂をどこで聞いたのか、絢子は覚えていない。

しかし、思い立った翌朝には、藁《わら》にも縋る思いで、都内の自宅アパートから三時間ほどかかる神社へと向かっていた。

山道を一時間以上かけてバスで登る。

車中、絢子は酔って最悪な気分だった。しかし、山頂の神社にたどり着き、国内でも珍しい三ツ鳥居を潜り抜けると同時に、すっと身体が軽くなって驚いた。

それから、境内でおいしい空気を胸いっぱいに吸い込んで、荘厳な拝殿でご祈祷《きとう》を受けて件《くだん》の御札を授かり、鳥居前にある食事処《どころ》で新鮮な月芳産の食事をとり……そうして再び三時間ほどかけて自宅に戻る頃には、すっかり暗くなっていた。

かくして自宅で空き巣と遭遇し、絢子はその危機を白狼に救われたのだ。

……それが、昨日のことである。


「顔を洗ってこい」

朝、目を覚ました絢子が、最初に聞いた言葉がそれだった。

ああ、夢や幻じゃなかったんだ……、とベッドに横たわったままの絢子は、傍らで仁王立ちしている世にも美しい和装の男性をぼんやりと見上げて思う。

白狼がいた。

人間の姿で、そこに立っている。

随分と現実は奇天烈《きてれつ》なんだな、という感想を抱きつつ、絢子はベッドから下りて、言われた通り脱衣所にある洗面台へと向かった。

「あー……確かにこれは……」

酷い顔だ、と鏡に映った自分を見て思う。

寝ぐせもあるが、髪の毛は傷《いた》んでいるせいかボサボサで、目は死んだ魚のように虚《うつ》ろ、その目の周りも血行が悪いせいかクマができていて、お肌は曲がり角を曲がったどころか事故ってしまったようにボロボロだ。

起き抜けにしたって、これはない。

幸《さち》が薄そう、どころではない。明らかにヤバい顔だ。

白狼に昨日「これまでの惨状が顔に出ている」と指摘されてしまったのも頷《うなず》けてしまう。辞める前の会社で受けていた健康診断でも引っ掛かったことはないのだが、本当に大丈夫だろうか、と不安になるような状態だ。

顔を洗って基礎化粧品で整えて、髪をブラシで梳《くしけず》る。

これで随分まともに——ならない。

嘘でしょう、と思いつつ、現実から目を背《そむ》けても事態は変わらないので、絢子は諦めて白狼のもとへ戻った。

「あれ？　白狼、どうしたの、その格好……昨日と違うような？」

「……さっき起こした時も見ているはずなんだが」

呆れたように白狼が目を眇《すが》める。

寝ぼけていた絢子はよく見ていなかったのだが、白狼の白銀の長髪は昨日と違ってポニーテールに結い上げられていて、ゆったりと宙に揺らしていた袖《そで》もたすき掛けで腕まくりされている。

と、絢子の鼻先を、ふわ、と掠《かす》める匂いがあった。

懐かしく香ばしいその匂いにつられてテーブルに目を向ける――と、そこには和食が膳に並べたように準備されていた。

具だくさんのお味噌汁に、二種類のお漬物。きれいに巻かれた黄色が美しい卵焼き、飴《あめ》色に輝くきんぴらごぼう、そして立派な鮎《あゆ》の塩焼き。それらの一汁三菜と共に、つやつやの白米が湯気を立てている。

ごく、と寝起きにも拘《かか》わらず、思わず唾《つば》を呑み込んだ絢子に、白狼が顎《あご》をしゃくって料理を示した。

「朝餉《あさげ》を作ったので、食え」

絢子は料理を見ていた目を白狼に向けて、ぱちくりさせた。

「え。作ってくれたの？　これを、白狼が？」

「ああ。お前の家には碌《ろく》なものがなかったので、山から取り寄せた」

「確かに碌なものはなかったと思うけど……取り寄せ？」

「そうだ。いいから温かいうちに食え。追々、説明する」

肩を掴まれ、テーブルの前にすとんと座らされる。

周囲に目をやると、部屋も心なしか片付いていた。テーブルの上は、こんなに料理を並べられるほど、すっきりとはしていなかったはずだ。好き放題に物を置いていた記憶しかない。

何が何だか分からないままの絢子だったが、目の前の誘惑に耐えられなかった。手を合わせると箸《はし》を取り、食欲の赴《おもむ》くまま味噌汁を口に含む。

と、その味を認識した瞬間、目の前がキラキラと輝いた。

「お……おいしい！　白狼、料理上手なんだね！」

「まあな。伊達《だて》に千年以上、生きているわけではない」

「千年以上……そんなに生きてるの？」

「一応、神の部類だからな。むしろ、神にしては若い方だ」

そうなんだ……、と思いながら絢子はおかずにも箸を伸ばす。

卵焼きは程よい柔らかさで、歯を立てると口の中でほろりと崩れる。添えられた大根おろしとお醤油によって際立つ出汁《だし》の甘さ、それが舌の上に滲《にじ》んで味蕾《みらい》に沁《し》み込むと、頬が勝手に緩《ゆる》んだ。

「こんなにおいしい朝ご飯は初めてかも……」

きんぴらごぼうはご飯が進む程よい甘じょっぱさで、鮎の塩焼きは皮がパリパリで身はふっくら、香ばしい旨味がたっぷり振られた塩で引き立てられている。

お漬物も、爽やかな浅漬けで、朝の控え目な食欲を増進してくれる。

「きちんと作れば、満足感も違うのだ。朝食が満ち足りていれば、一日の幸福度も違ってくる。だから食事は、こうして、おいしいものを腹に入れるのだ。これから毎日、毎食だぞ」

「ええ～こんなにおいしいご飯を毎日作ってもらえるのかぁ～」

ほくほくと温かなご飯を口にした絢子が、まったり満足げに言う。

だが、それを聞いた白狼は、対照的に不満げな皺《しわ》を眉間に寄せた。

「何を馬鹿なことを。お前がこれから毎日作るんだぞ」

え、と絢子は目をぱちくりさせる。

「……どゆこと？」

「どういうことも何も、俺はお前の運気を改善に来たのだ。お前を甘やかしに来たわけではない」

「えっと、それは、つまり……」

「厳しいから覚悟しろ――そう昨晩、言ったではないか」

箸と茶碗を持ったまま、絢子は固まった。

……そうだった。

おいしい朝食にすっかり気を抜いて忘れていたが、白狼は確かにそう言っていた。そして眠る前にも、絢子は言い聞かされた。

一年間で、この不運続きの体質を改善すべく訓練する、と。

「訓練……するんですよね……」

「そうだ。まず、お前のそのいかにも幸薄そうな身なりをどうにかする。そのために食生活から改善する」

「……そんなに幸薄そう？」

「ああ。薄いどころか、はっきり不幸そうだ。変なものも寄ってくるくらいには、気が淀《よど》んでいる」

う、と絢子は空き巣の一件を思い出した。

あれも自分の気の淀みのせいならば、確かに早いところどうにかしなくてはならない。命の危険につながることもあり得る。

「とりあえず朝餉を食え。たーんと食え。まずはその貧相な身体をどうにかしろ」

がんっ、と絢子は石で頭を殴られたような衝撃を受けた。

急に直球で指摘されると思っていなかったのだ。受け身がまったく取れなかった。

「ひ、貧相って……言い方があるでしょう……いや、言い方どころか触れちゃあなんないことがあると思うんですけど……」

「変な意味に取るんじゃない。そのままの意味だ」

「……そのままの意味？」

「風が吹いたら飛ばされそうな、そんな枯れ木のような身体に、まともな気が宿るわけがないだろう。気を満たすためにまずは器を強くするのだ。そのために食事は重要だ、とそういう話をしている」

「ああ、なるほど、そういう……」

「お前の身体が欲情するに値しないというところは、また別の話だ」

「言い方。ねえ。言い方」

ぐさぐさ刺さる白狼の物言いに、絢子は唇を噛みしめる。これではとんだセクシャルハラスメントではないか。

だが、白狼はまるで気にしていないようだった。

それどころか、凹《へこ》んでいる絢子にさらに追い打ちのような言葉をかける。

「気に入らんな」

「え」

「言い方を変えれば、お前の不運は変わるのか？」

頬を張られたように、絢子は目を瞠《みは》った。

「お前は自分を変えたくて、月芳の山を登ったのだろう？」

白狼のその遠慮のない言葉は、絢子の心の深いところに刺さった。

「お前の自分を変えたいという気持ちは本物だった。だから俺がここにやって来たのだ。もしそうでないのなら、札ごと俺を送り返すといい……ああ、これは豆知識だが、どうしても神社に行けんということなら、郵送でも受け付けてくれるぞ。だから無理には——」

「嫌」

白狼の発言を遮《さえぎ》って、絢子は言った。

「嫌」

目を瞬いている白狼に、絢子は箸と茶碗を置いて、はっきりと告げる。

「不運なのは、惨《みじ》めなのは、もう嫌」

言葉にした瞬間、口の中がしょっぱくなった。

頬に熱いものが流れ落ちる。涙が、ぱた、とテーブルの上に落ちて染みを作る。

「私は変わりたい。幸運になって、幸せになりたい……！」

言った瞬間、ぼろぼろと目から涙が落ちる。

彼氏に捨てられて、会社からも切り捨てられて、頼れる人も帰れる場所もなくて、自分だけがこの世界に一人きりで置いていかれたような気持ちだった。

最悪の場合、社会的に助けてくれる制度はある。

でも、この不運が絡みつく沼から都合よく他人が引き上げてくれることは、幸運な者でもない限り、ない。そして絢子は、最近では自覚するほど本当に不運である。しかも、世の中にはもっと不運で不幸な人がいて、絢子のように中途半端に不幸な者にほど救いの手は届かない。

だから、自分が変わるしかない、と絢子は思っていたのだ。

……これまでは、変わり方が分からなかった。

でも、白狼が力を貸してくれるなら――変わり方を教えてくれるのなら、ここから這《は》い上がれる気がする。

「私が変わるために……力を貸して、白狼」

言った瞬間、絢子はグイッと目元を拭《ぬぐ》われた。

白狼の顔が目の前にあった。

その上等な着物の袖が汚れることも厭《いと》わず、絢子の涙を拭き取ってくれる。そうして彼は長い八重歯を見せるように、にっ、と笑って言う。

「最初からそのつもりで来たのだ。だから、早く飯を食え。お前が変わるために、やることはたくさんあるのだからな」

その言葉に、絢子は嗚咽《おえつ》を堪《こら》えようとして――しかし我慢が決壊したように、声を上げて泣いた。

たくさん泣いて、泣いて、身体の中の悲しみを空にして、そうして空きができたそこを埋めるように、たくさん食べた。

それをエネルギーにして、これから大きく変わるために……。

☾

泣いて食べて落ち着いた絢子は、さっそく白狼の指導を受けることになった。

動きやすい服装に着替える。長く伸びた髪を、邪魔にならないように一つに結って、ゴミ袋を手に白狼の指示を待つ。

「……というわけで、分かっているな？」

「う、うん」

「よし。掃除開始だ！」

パンッと手を打った白狼の声で、絢子はさっそく部屋の掃除に取り掛かった。

白狼の指示は「不要なものを捨てよ」……このゴミ袋に、要らないものを詰めていけということだった。いわゆる断捨離《だんしゃり》だ。

不燃や可燃等の仕分けは後回しにして、どんどん捨てていく。じゃんじゃん捨てていく。

スタートからしばらくは、簡単だった。

自暴自棄な生活をしていたため、使わないもの、不要だと判断が容易なものが、生活で出るごみも含めてたくさん溜まっていたからである。買い物の紙袋やら通販の段ボールやらも、処分が滞って残っていた。それらを捨てていくのは、何も難しくはなかった。

しかし、ある時からスピードがガクンと落ちた。

服やコスメ……そして、思い出の品々に手を付けていた時だった。

「捨てろ」

キッパリ言う白狼に、ひえ、と絢子は竦《すく》み上がった。

ちょうど、元カレから貰ったあれやこれやの前で動きが止まってしまった瞬間、間髪容れずに言われてしまった。

手にした指輪に目を落とし、絢子は言い訳を探す。

「ええと……でも、これ、高かったみたいだし……」

「安物だぞ」

「え゛っ」

白狼の白けた目に、絢子の口から思わず変な声が出た。

給料の三ヶ月分とか何とか言われたのだけど……。

「俺の見立てが嘘だと思うなら、そこらの質屋にでも持っていってみればいい。そこで恥をかくことになっても知らんが」

「う……それは嫌」

泣きっ面に蜂のような状態になりそうで、絢子は首を横に振る。

白狼は、神使。犬神様だ。その犬神様が安物だと言うのだから、そうなのだろう。白狼がここで嘘をついたところで彼には何の得もない。

……でも、と絢子は指輪を手放せない。

「捨てなきゃだめ、かな……」

うじうじしている、よくない、とは絢子自身も分かっている。だが、それでもなぜか捨てたくないと思ってしまうのだ。

……白狼は呆れているだろうか。

そう不安になりながら、絢子は白狼をちらりと見た。

だが、意外なことに、彼は澄んだ目で絢子を見ていた。そこには蔑《さげす》みの色も、理解不能なものを見るような嫌悪の感情も見えない。

ただ、不思議そうな顔をしていた。

「なぜ拘《こだわ》るのだ?」

曇《くも》りのない夕焼け空を閉じ込めたような赤く美しい眼で、白狼は絢子を見つめて尋ねる。まるで人の心のうちなど簡単に見透かしてしまえそうなその眼に、絢子は素直に口を開く。

「それは……安物でも、貰ったものだし……」

何より、思い出が詰まっている。

付き合っていた数年間の、キラキラした思い出。この指輪はその結晶のようなものだ。捨ててしまったら、もう二度と同じようなものは手に入らないかもしれない……だから、惜しいと思ってしまう。だから、手放せない。

「大事にしたいのなら、別に無理をして捨てることはない」

白狼の言葉に、絢子は目をぱちくりと瞬く。

捨てろ、と一蹴されると思ったのだ。

「……残しておいても、いいの?」

「これは、お前にとって不要なものを捨てる作業だ。だから、大事なのなら捨てることはない。だが……」

「だが？」

「これからの人生で、もっとたくさん貰えばいい」

白狼の言葉に、何かが、すとん、と絢子の心の中に落ちた。

瞬間、ぽいっ、と絢子は指輪をゴミ袋の中に放り投げる。思いのほか軽い音をさせて、指輪はゴミ袋の底へと落ちていった。

「……そうだね。白狼の言う通り。これからたくさん貰うことにする」

「前向きでいい答えだ」

絢子の宣言に、白狼はフッと笑った……が、すぐにその笑みを消す。

そうして、じとっと細めた目で、絢子の顔を覗き込んだ。

「もたもたやっていると日が暮れるぞ。今日中に終わらせるのだ。早く手を動かせ」

「うっ……分かりました……」

応えて、絢子は断捨離を進める。

白狼の視線を浴びながら、黙々と手を動かす。

一年以上着ていない服、使いきれなかった化粧用品、元カレが置いていった日用品、元カレがまだ保管しているつもりで、そのうち返して欲しいと言ってくるかもしれない趣味のもの――。

「――これも捨てていいの？」

「捨てろ」

「一応、元カレ——人の物だけど……」

「お前を捨てた男の物だ。部屋ごとお前を捨てたのだから、ここに在《あ》るものをお前がどう処分しようと勝手なのではないか？」

「分かった！」

白狼の言葉を聞くや否や、絢子は棚一面に並んでいたものを、バーン、とゴミ袋にぶちまけた。

質屋に売って換金、なども頭になかった。とりあえずスッキリしよう！　そんな単純明快な流れで捨てていこうと思った。

元カレの物を捨てたら、急に重石《おもし》でも退《の》けたように、やる気が心に芽吹いた。

絢子の掃除も、そこからは加速してスムーズに進んでいった。部屋に空間が生まれて、どことなく淀んでいた空気も動きだしたようだ。何となく気持ちいい、と絢子も感じる部屋になっていく……。

「さて。いい具合に空間ができたことだ。今度は家具の配置を変えるぞ」

「変えるの？　このままでもいいと思うけど」

「家具の配置を変えれば気分転換になる。それに、いい気の巡る配置というのもあるのだ。いわゆる風水というやつだな」

なるほど、と絢子は部屋を見回す。

気の巡りがどうのと言われても、よく分からない。

だが、家具の配置を変えるだけで運がよくなるのであれば、積極的に配置を変えようじゃないかと思った。

「どれをどこに運べばいい？」

「お前では骨が折れるだろう。俺がやってやる」

「え。いいの？　神様なのに……？」

「神が自主的に協力しようという時は甘えていいのだ。任せておけ。すぐに終わる」

言って、白狼は「ふむふむ」と部屋の間取りを確認したあと、パンッと一つ、柏手《かしわで》を打った。

そこで絢子は固まる。

瞬《まばた》きを一度したところで、部屋の家具の配置が既に変わっていたからだ。

「えっ……？」

「ふふん。どうだ、すごいだろう」

「すごいっていうか……怖い……」

絢子の口から零れた言葉に、自慢げだった白狼が沈黙する。

「……なんとも力の使い甲斐のない感想だな」

「ご、ごめんなさい。びっくりしちゃって……でも、どうやったの？」

「それは神の力を使ってだな」

「分かるけど、もう少し詳しく」

「そうだな……物と物との〝あわい〟という空間を使ったのだ。つまり、瞬間移動させたわけだ」

「瞬間移動！　便利だねぇ……」

「さっき朝餉を作る時に『取り寄せた』と言っただろう」

「あ、うん。そういえば言ってたね」

「あれは、月芳の山から取り寄せたのだ。お前が寝ている間に、今のような瞬間移動で山犬が持ってきてくれてな」

なんとそんなことが！　と絢子は驚いた。

同時に納得する。

あの朝食がおいしかったのは、白狼の料理の腕もさることながら、月芳産の新鮮な食材を使っていたからだ、と。

そもそも白狼が言っていたように、まともな食材は家に備蓄されていなかったのだ。浅漬けに使えるような野菜など、最後に冷蔵庫で腐らせてから、もうずいぶん長いこと置いていない。

と、そこで絢子は「あ」と思いついた。

「じゃあ、白狼はすぐに山に帰れたりするの？」

「帰ろうと思えば、一瞬だな。だが、一年の期限がある。山からお呼びがかからん限りは、お前の傍からは離れんよ――ああ、あとはお前が帰れと言わん限りは、だな」

「なるほど……」

ここからあの山の頂まで、一瞬。

すごい力を持ってるんだな、と絢子は白狼の説明に思う。だが、そうなると、やはり疑問が浮かぶ。

「……そんなすごい白狼が来てくれるくらい、私の運気、酷いんだよね？」

「ああ。酷いな」

「たとえばなんだけど……白狼をここで帰しちゃったりしたら、これからの私、どうなると思う？　その、未来も酷いことになったり……？」

「考えない方がいいと思うぞ」

その一言で、絢子は引き下がった。よほど悪い未来が待っていたのだろう、と。

だが、白狼はそういう意味で言ったわけではなかったらしい。

「よくない意識が、よくない未来を引き寄せることもあってな。お前は今、月芳で多少補充されたとはいえ、気が枯れているような状態だ。だから、悪いことを考えがちなようだが、それではだめだ。よい未来が来ることだけを期待しておけ」

「う……うん」

その時、絢子は、白狼に言われて気づいた。

思いのほか、自分がネガティブな思考になっていたことに。

過去の悲しかったこと、辛《つら》かったことに引きずられていたことに。

……断ち切らなきゃ、と絢子は思う。

せっかく、自分のもとに犬神様が来てくれたのだから、と。

☪

不要な物を部屋の中から選《よ》り分けて捨て、広々とした空間から埃《ほこり》や汚れを落とす。

玄関前に発生していた謎の虫たちも根こそぎ駆除した。

どうやら近くに巣ができていたようで、それが大行進の原因だったらしい。おえ……、とえずきそうになりながら絢子が処理していると、途中で白狼が「下がっていろ」と代わってくれた。ありがたさで絢子は泣きそうになった。

さて、それらが終わる頃には、すっかり日が暮れていた。

たった一日で、すっかり部屋も変わった。

「何だか、明るくなったような……」

模様替えをした部屋を見回して、絢子はぽつりと呟いた。

引っ越したわけでもないのに、まるで違う部屋にいるようだ。三年住んでいた場所とは思えない新鮮さがあった。

ここで同棲していたはずの元カレの気配も、きれいさっぱり消えていた……ゴミ袋にまとめてぶち込んだからなのだが。

「変わるもの、なんだな……」

「そうだぞ」

ぼんやり呟いた絢子に、白狼が応えた。

「変わろうと思えば、腰を上げれば、何でも変えることができる。絢子、それはお前自身もだからな」

「……私も、こんな風に、すぐに変われる？」

「試してみるか？」

白狼が赤い眼を細めて言う。

ぴかぴかになって輝きすら宿ったような部屋を前に、絢子は頷いた。

自分も、同じように変われるのなら、可能性があるのなら……試してみたい。

「では、やるとするか。来い」

白狼に誘われ、絢子は素直に彼の後に続く。

……一体、何をどうやって私を変えるというのだろう？

そんな期待と不安を一緒に抱えてついていった絢子は、白狼に脱衣所へ入るように指示されて、固まった。

思わず考え込む。

「……脱げと？」

言った瞬間、白狼が白い目で見てきた。

「一言も言っていないのだが。どうしてそうなる？」

「だ、だって、白狼は神様だし、なんかそういう禊《みそぎ》的な？　お前の穢《けが》れきった身体を洗って清浄にしてこい的な？」

「お前が望むなら滝行《たきぎょう》でもさせるが……穢れきっている自覚があるのか？」

「ないですけど！　……じゃあ、なんで脱衣所なんかに？」

「大きな鏡があるからだ」

くいっ、と顎先で白狼が示した先には、洗面台がある。

ああ、なるほど、と絢子はホッと胸を撫《な》でおろした。

神様相手に恥じるも何もないかもしれないが、人の姿を取った白狼は、一見するとただの人間に見えなくもない。さすがに「脱げ」などと言われたらどうしようかと思った。

そんな絢子の内心を知ってか知らずか知らないフリか、白狼は淡々と指示する。

「そこに立て」

言われるまま、絢子は洗面台の前に立った。

と、その背後に白狼が立つ。

何をするのだろう……と、絢子は彼の一挙手一投足を鏡越しに窺《うかが》っていたが、

「うん……!?」

びくっと絢子は硬直した。

白狼が、絢子のポニーテールを解き、長く伸びたその髪に、そっと触れたからだ。

それから白狼は、一房、その髪を手に取ると、自身の鼻先に宛《あて》がった。くんくん、と匂いを嗅《か》いでいる。

絢子は、頭が真っ白になった。

相手が狼、人外、犬神様だとはいえ、今の姿は美しい男性だ。

そもそも、美醜に拘わらず、同性異性にも拘わらず、こんな風に髪の匂いを嗅がれた経験はなかった。

突然の白狼の行動に、彼は狼だから仕方ない、と絢子は自分に言い聞かせながらも緊張して身を強張らせ――。

「これは酷い髪だな」

鏡に映る白狼の「うわぁ」という顔に、絢子はがっくりと脱力した。

残念なものを目にしたというような言動をする白狼の手から、思わず自分の髪を頭に押さえつけるようにして奪い取る。

「わ、私の髪、そんなに酷い……？」

「酷い」

「即答⁉」

「見た目からも分かってはいたが、触れて嗅いで確信した。酷い」

直球でこうも言われては、絢子も返す言葉がない。

と、白狼は再び絢子の髪を手に取った。

そうして、絢子に髪の状態を見せながら、

「この毛並みはなんだ。本来、清流のようにまっすぐなはずの毛が傷んで、あらぬ方向にうねってしまっている。ああ、天然の美しいうねりとはまた別だぞ。あと、枝毛も酷いし、あほ毛もすごい。手触りも最悪だ」

鏡越しに、事細かに、胃が痛くなるほど懇切丁寧に、白狼は解説する。

その解説の対象である自分の髪の惨憺《さんたん》たる状態に、絢子は目を逸らしたくなる。だが、目を逸らし続けた結果がそれと言っても過言ではない。大人しく素直に話を聞くことにした。

「に……匂いは？」

「匂い？」

「嗅いでたよね……くさかったの？」

「あれは、くさいとか、そういう匂いを嗅いでいたわけではない」

「え。匂いじゃないの？」

「ああ、違う。『髪は神に通ずる』とも言われていてな、良くも悪くも念などが宿りやすいものなのだ。だから、先ほどは、お前の髪によくないものが憑《つ》いていないか確認したのだよ」

「な、なるほど……で、よくないものが憑いてた？」

「と、言うわけで。やるか」

「ねえ、待って。なんで今の質問、無視したの？　なんで？　白狼？」

　鏡の向こうで白狼がにっこり笑う。

　その満面の笑みが怖かったので、絢子はそれ以上追及するのを止めた。たぶん、よからぬものが憑いているのだろう。途端に己の髪が汚らわしいものに思えてきた。

　だから、白狼の〝提案〟にも絢子は頷いたのだが……。

「本当にやるの……？」

絢子は及び腰で背後に尋ねる。

背後に立つ白狼のその手には、ハサミが握られていた。これから、この長く伸びた絢子の髪を切ろうというのだ。

朝食のあと、白狼は絢子の不幸体質改善計画を説いた。

そこで、絢子に不運が続いている原因についても彼は教えてくれた。幸運を逃し、不運を引き寄せているのにもいくつか理由があるのだ、と。それは、いずれも長年の間に蓄積し、絢子の身に定着してしまったものである。

一つは、この部屋や生活の問題。

もう一つは、見た目の問題。

肌から髪から、手入れをしていない身体は、年齢よりも老けて見える。白狼が「貧相だ」と指摘したのは、何も肉付きだけの話ではなかったのだ。

中でも、白狼が真っ先に気づいたのは、長く重く伸びた絢子の髪の酷さだった。

「お前が切りたくないのなら、別に無理に切ったりはしない。決めるのは、お前だ」

白狼の手が、絢子にその髪を見せる。

ぼそぼそしていた。

ブラシで梳《くしけず》ったところで、艶《つや》も出なければ、うねりも治まらない。髪や爪には健康状態が出るというが、街行く人にこの髪だけを見せてアンケートを取れば、十中八九、不健康だと認定されるだろう。

改めて直視して、絢子はため息をついた。確かに、これは酷い。伸ばしておいても美しくはないし、トリートメントで復活させるのも難しそうだ。

それに、髪は、元カレが好きだったから長く伸ばしていたのだ。だがこの長い髪を好きだと言っていた人は、もうここにいない……。

「……白狼は、ちゃんと切れるんでしょう？」

「人をつぶさに見てきて千年。どんな髪型でも再現できると思うぞ」

「どれくらい切るつもり？」

「傷みが酷いのは、ここから先だな……ふむ。この辺りでどうだ？」

白狼が絢子の肩口を示す。

奇《く》しくも、ちょうど別れた彼氏と付き合い出した頃の長さになりそうだ。

「……切って」

「相分かった」

しゃきん、と。

絢子の意思が揺れる間も与えず、白狼は髪にハサミを入れた。

長い髪が、足元の床に落ちる。

しゃきん……ぱさ……しゃきん……ぱさ……。

小気味いい音が耳元で響くたび、絢子は髪以外の何かも断ち切られるような気持ちになる。うねって縮れて絡まって、そして解けなくなった何か。頭を悩ませて解こうとしていたそれを諦めて、潔く切り落としたような感じがする。

やがて絢子の背中を覆っていた長い髪は、顎のラインでさっぱりと切り落とされた。

「ああ……すっきりした。なんか、いいかも」

鏡を見て、風通しの良くなった首元に触れる。

ロングから一転、涼し気なショートボブだ。

さら、と髪が揺れて鳴る音も悪くない。思わず頬が緩んだ絢子の口から、ほう、とため息が零れた。

「すごく軽くなった気がする」

満足げに言った絢子に、白狼が鏡越しに微笑んだ。

「さっきも言っただろう、髪には念が宿る、と。ただ物質が減った結果、重量として軽くなるだけではないのだ」

「あの……切ったあとだから、もう教えてくれていいと思うんだけど……そんなにやばい念が宿ってた……？」

「そうだな。空き巣に掴まれ引っ張られるくらいには」

それってだいぶやばいのでは……、と絢子は床に散らばった己の髪を見て、ぞっとした。ただ長かったから掴みやすくて引っ張られた——そう思っていたのだが、それだけではなかったのかもしれない。

「美しく大事に伸ばせば別だが、お前の髪は伸ばし放題、手入れをしていない荒れた森のようだった」

「……すみません、否定できません」

「大部分によくない念が宿っていたからな。一緒に切り落としたから、だいぶ気持ちも軽くなったはずだ」

「うん……気持ちが軽い、気がする。っていうか、白狼、器用だね」

「髪型は気に入ったか？」

「うん。清潔感があるし、さっぱりして見える」

「さっぱりする、という目的では、丸坊主にしてもよかったのだがな。それくらいが心理的な許容範囲だろう。踏み止《とど》まっておいた」

「……踏み止まってくれてよかったです」

　絢子は残された己の髪を護るように自然と掴む。さすがに丸坊主は思い切りがよすぎるヘアスタイルだ。それに——。

「俺も、悪くないと思うぞ。似合っている」

　肩越しに白狼が顔を覗かせて言った。

ちょうど絢子が思っていたことと同じだったが、別に心を読んだわけではないらしい。掛け値なしの褒め言葉をくれたようだ。まじまじと絢子の髪型を見て、うんうん、と己の仕事ぶりに満足している。

少し照れくさかったが、絢子は「ありがとう」と頷き、彼の言葉を肯定した。

☪

足元に散らばった髪をパパッと片付けて、リビングに移動する。

と、絢子は床に胡坐《あぐら》をかいて座った白狼に手招きをされた。

何だろう？　と不思議に思いつつ近寄ると、白狼は袴《はかま》に包まれた己の膝を、ぽんぽん、と叩いた。

「お座り」

「……はい？」

ぽんぽん、と再び膝を叩く白狼に、絢子は目を眇《すが》める。

と、白狼はそこで何かに気づいたようだった。

「ああ。すまなかった、つい山犬たちに言う時の癖でな。座れ」

「いや、あの、意味は解ってるんだけど……なんで、そこに？」

絢子が尋ねると、白狼はきょとんとした。

なぜそんなことを訊《き》くのか、と言いたげな顔だ。

「……なぜそんなことを？」

顔だけでなく、実際に白狼はそう言った。

絢子は困惑しながら答える。

「普通、膝の上に座れと言われたら疑問に思うかと……」

「さっきの散髪――というか、もはや断髪だな――あれの続きだ。傷んでいる大部分は切り落としたが、残った部分だって手入れが必要なのだ。で、その残った部分の手入れを今からやろうと思っている」

「それはありがたいんだけど……そこに座らなきゃダメ？」

「ここに座ってくれた方が、俺がやりやすいのだ。嫌なら別に強要はしないし、俺も面倒なのでやらない。そのまま縁起の悪い髪でいれば――」

「待って。座る。座りますから」

絢子は慌てて白狼のもとへ。彼のかいた胡坐の中に収まる形で座った。

躊躇《ためら》ったのは、恥ずかしさを覚えたからだ。

しかし、それよりも己の置かれた状態の方が重要だ。大事なのは、運気を上げること、それ一択である。

「素直なことはいいことだ」

「んん……そうかな……」

白狼の言葉に、絢子は考える。

わりとこれまでも素直に人の話を聞いてきたと思う。他の人の目からどう見えていたかは分からないが、絢子自身はそう思っていた。

けれど、素直にしてきた結果、手元から失われてしまったものもあったのではないか……そういう風に、絢子はもう何度も考えている。

たとえば元カレが別れ話を切り出した時に、会社からリストラを突き付けられた時に、素直に「そうですか」と引かず、もう少しごねたりしてみれば、今と違った未来になっていたのでは、と……。

「……素直でよかったのかなって、そう思うことが最近多かったんだ」

白狼の顔が見えないからか、偽ってもどうせ見透かされると思ったからか……絢子は、ぽつりと本音を零してしまった。今までの人生を振り返ると、損をしたことの方が、よかったことよりも多かったのではと思ってしまう。こういう風にひねくれたことを考えている時点で、もう素直でもないのでは、とも思う。

「……素直でい続けることは大変だな」

絢子の背後で、白狼がため息をつくように言った。

幻滅されただろうか、と絢子は思ったが、彼のため息は別方向に向けてのものだったようだ。

「誰かの素直さを食い物にしようとする者は少なくない。その結果、素直な者は傷つき、その心は血を流すだろう。傷も長年疼《うず》くはずだ」

白狼は、自分の脚の間に座る絢子を後ろから抱きかかえるようにして、その短く切り揃えた髪にブラシを宛がう。

「だがな、それは素直な側が悪いのではないのだ。ただそこに在った美しい純白の衣に汚泥を浴びせて穢《けが》す者がいたとして、引き裂いて弄《もてあそ》ぶ者がいたとして、悪いのはそこに在った衣の方だろうか」

絢子の髪を丁寧に優しくブラシで梳りながら、白狼は手つきと同じように穏やかな口調で語りかける。

「他人の悪意や己の愚かさには気をつけて、それでも素直に心を開いていれば、たくさんの幸いを受け取れるぞ」

「……うん」

そんなのは理想でしかない――そんな考えが一瞬過《よぎ》ったが、絢子は素直に頷くことにした。白狼の言葉が本当ならいい、本当にそうなって欲しい……そう思う気持ちの方が、これまでの経験則を基にした思考よりも勝《まさ》ったからだ。

（素直に、か……じゃあ……）

絢子は白狼に言われたように、素直に心を開いてみることにした。

こんな体勢は、普通の男性相手ならば、絢子もさすがに遠慮する。だが、今は大人しく白狼に身を任せてみることにしたのだ。

と、絢子はそこで、これまで感じていなかった感覚に気づいた。

（あれ、気持ちいい……？）

ブラッシングをこんなに丁寧にされたことは、美容室でもないかもしれない。

けれども、その手技以上に、相手にまるっと気持ちを預け切ったことが大きかったようだ。ちょっと予想外に心地よくて、絢子はうっとりしてしまった。ああ、このまま眠ってしまいそうだ――。

「よし、これでコツは分かったな。次は俺の番だ」

――え、と絢子は閉じかけていた目を開けた。

同時に、かくん、と背後から支えがなくなる。

慌てて体勢を立て直していると、絢子の目の前にスッと白狼が胡坐をかいて座り直した。美しい白銀の髪、それを一つに束ねていた紐《ひも》をするりと解き、絢子の前に惜しげもなく晒《さら》す。

「ええと……白狼サマ？　俺の番、とは？」

「言ったままの意味だが――ああ、敬称などは要らんと言っただろう。堅苦しいのは、こういう時に邪魔になるからな。さあ、俺のブラッシングを頼んだぞ」

笑顔の白狼に、絢子はブラシを握らされた。

えぇー……、と絢子はそのまま背を向けた白狼に戸惑う。

随分と気さくな神様だと思ったが、なるほど、実利あってのことだったのかと納得する。しかし、さすがにブラッシングを任されるとは思っていなかった。

「あの……私がやるの……？」

「やってもらうだけで返さないというのは、あまり感心しないな」

「お犬様――狼の姿に戻ってもらうことは」

「それではダメなのだ。これは、俺がやった通りにお前がちゃんとできるかの確認でもあるのだからな」

「な、なるほど……？」

何だか上手いこと言いくるめられたような、と思いつつ、絢子は言われた通りにやってみることにした。神様に逆らうとあとが怖い。きっと、こういう時こそ素直にやるのが大事なのだろう。

気を取り直して、絢子は先ほど白狼が自分にしてくれたように彼の髪に触れる。

瞬間、思わず目を見開く。

「わ……」

「どうだ。俺の毛並みは」

ふふん、と自慢げに白狼が鼻を鳴らした。

白狼の白くて長いその髪を、絢子は思わず手に取って撫でる。

つやつやだった。先ほど自分が切り落としてもらった髪とはまるで違う、引っ掛かりがどこにもない、上等な絹のように滑らかな手触り。いつまでも撫でていたくなる。

ふと、絢子は昔、実家で飼っていた犬のことを思い出した。

この手触りとはまるで違うふかふかの毛並みだったたし、出会った時の白狼のように迫力のある狼とは似ても似つかない、室内で飼っていた小型犬だ。

その犬は、一生懸命に家の番をしようとしていたが、猫よりも小さなその身体のサイズから「番犬にはなれないよ」と家族に笑われていた。

だが、子供だった絢子は、その子を膝の上で撫でるたびに、番犬なんかじゃなくてもいいと思っていた。

心を癒されていたからだ。

たとえ家は護れなくても、この子は自分の心を護ってくれている……そんな風に思っていたのである。

白狼の髪を撫でながら、絢子はその子が生きていた頃のことを思い出した。なんだか、子供に戻ったような――。

「撫でられて手触りを堪能されるのも悪くないが、そろそろブラッシングをだな」

あ、はい、と絢子は反射的に答えた。

先の飼い犬のブラッシングは別として、姉妹や姪《めい》などもいないので、自分以外の誰かの髪を梳るのは初めてだ。

恐る恐るブラシを動かす。

「そんなもたもたせず、遠慮せずにやってくれ」

……すぐに指導が入った。

言われるがまま、絢子は遠慮するのをやめて、白狼の髪にブラシを通した。する、と驚くほど簡単にブラシが通る。

腰まである長い絹糸のような髪は、お世辞抜きに綺麗だ。少し羨《うらや》ましいかも……、と絢子が思った時、

「お前の髪も、きちんと手入れをすれば美しくなるのだぞ」

気持ちよさそうにしていた白狼が、肩越しに振り返って言った。

「……こんなに綺麗になると思う？」

「ああ、素材は悪くないのだからな。まあ、俺の毛並み程ではないが」

それはまあ当然だ、と言うように白狼は付け足した。

さすが犬神様である。

自己肯定感が高いというか、突き抜けているらしい。

……だが、そんなところも絢子には眩しく見えた。

絢子の自己肯定感は、白狼に髪を切ってもらったことで、わずかに浮上した。しかし、昨晩はヒキガエルのように地面にへばりついていたのだ。

恒常的に運気を上げておくためには、彼のそういうポジティブなところを見習わねばならないのかもしれない。

「まあ、本物に触れて、その手触りを覚えるといい。それを目標に己を磨け」

白狼の指導に、絢子は「はい」と素直に答える。

そうして、白狼の長く美しい髪を梳《と》かしながら、その感触を堪能する。

いつか、自分の髪も同じように、美しくなる未来を思い描きながら……。

第二章
犬神様のご利益

カレンダーの日付は、八月から九月に変わっている。

白狼が絢子の部屋にやって来てから、かれこれ二週間が経過していた。

実体を伴った犬神様が家にいる生活にも、絢子は慣れてきていた。

最初の数日は、白狼が口うるさく注文をつけてきた。

あまりの指導の徹底ぶりに、絢子は「お借り受けしてくるんじゃなかったかも……」と一瞬思いかけたが、「白狼は犬神様。つまりこの注文はありがたい助言」と考えて、すべてクリアしてきた。

結果、まだ二週間しか経っていないが、絢子の生活は一変していた。

今の絢子は、栄養バランスの整った食事を毎日作っている。

正確に言えば、作るように命じられていた。

もちろん、白狼にである。

はじめのうちは、白狼が三食きっちり作り方を教えてくれたり、監督をしてくれていたものだ。だが、そのうち完全に任された。今はもう、犬神様は料理の出来の判定をするだけになっている。

「働きすぎたら負けなのだ」

ある朝の食事中、そんな風に白狼は堂々と言った。

絢子が「白狼の手料理がまた食べたい」と言ったことへの返答だった。

「……なんでそんなことを？」

尋ねる絢子に、やれやれ、と白狼は首を振った。

「絢子よ……俺はな、人間の運気を上げられるのか、本当は疑問に思っているのだ」

とんでもない発言が飛び出してきて、絢子は梅干しを摘まみ損ねた。

ころん、と皿の上で梅干しが転がる。

味噌汁の椀を持っていなかったのは幸いだった。転がして惨事になっていた可能性がある。

「な、なんですと……？　あの、今の、犬神様にあるまじき発言では……」

「まあ話は最後まで聞け」

はい、と絢子は素直に聞く姿勢になる。

白狼相手だと、こんな風に反射的に姿勢を正してしまうようになっていた。二週間の間に、そうした方がよい、と身体と心にすっかり染みついていた。

「俺はな、これまでにも、御眷属拝借によって人間のもとを訪れている。何度も、何度も……山犬の群れの総代になる前、人型を取れるようになる前の山犬だった頃から、人間たちを、彼らの家を、運気を下げる悪しきものから護ろうとしてきた——ところが、だ」

そこで白狼は大きくため息をついた。

話の雲行きが変わった、とその瞬間、絢子は思わず構える。

「これまで担当してきた人間たちは、いくら変われる好機《チャンス》が転がってきても、変化を期待するだけで、自分が変わろうとはしなかった……結果、運気が上がらないだの、利益がないだの、そんな文句を言う者も少なくはなかったのだ」

「そ、そんな他力本願な……」

すみません人間が罰《ばち》当たりで……と、絢子はこの場にいる人間として、内心で人類を代表して謝罪した。

確かにそういう人間は少なくないだろう、と容易に想像がついてしまう。

実際、神社の話になれば、人は自分にとって嬉しいご利益があるか否かという話をしがちだ。それ自体が神頼み——すなわち、既に他力本願なわけである。

「ちなみに、他力本願というのは、仏教用語でな。修行が足りない者を他力——阿弥《あみ》陀如来《だにょらい》がその力で救おうという、神仏側からの願いの言葉だったのだ」

「え、知らなかった。じゃあ、自分から当てにして使うのは違うんじゃ……」

「そうだ、違うのだ。まったくもって人間側の勘違いというわけだな」

少し不満げに白狼は言った。

これまで見てきた人間たちのスタンスに呆れているようだ。

「というわけで、他の山犬たちはともかく、俺自身は人間の人生をどうこうしてやるようなやる気がなくなってしまってな。人間のもとに行くのをしばらく——数百年ほどか——やめていたのだ」

耳が痛い……と白狼の話を聞いていた絢子だったが、そこでふと気になって尋ねた。

「あの、前にも聞いたと思うけど……どうして今回は私のところに？　そんなにやる気もなかったのに」

「ああ、それは前にも言っただろう。並の山犬に、お前の酷い運気は荷が重すぎる、と。それに……」

「それに？」

「底辺からなら、多少は上がった時の成果が目に見えるかもしれないと思ってな」

「私の運気、底辺なの⁉　もっと大変な人、世の中にいない⁉」

「確かにお前よりも辛い人生を送っている人間は山ほどいるだろう。だが、たいていの人間は『結局このままだ』と諦めてしまっていてな……『変わりたい』というやる気に似た願いを抱えて、俺の手が届く範囲にいたのがお前なのだ。まあそれでも、直接手を貸したり、姿を現す予定はなかったのだが」

「じゃあ、どうして現れてくれたの……？」

「空き巣に襲われかけていたお前のあまりの間の悪さ、不運っぷりに同情して、思わず、だ……働きすぎてしまったと思ったよ」

　食べた梅干しが予想より酸っぱかったような顔で、白狼はそう言った。

　しかし、絢子には彼のこれまでの挙動が理解できない。

「で、でも、白狼はいろいろ甲斐甲斐しく、私が変わるために手伝ってくれたよね？　あれは、なんで……？」

「だから働きすぎたと思ったと――」

「それは、さんざん働いてくれたあとに思ったことでしょう？」

　絢子は理由を追及した。

　気になったのだ。

　どうしてこれまでやる気がなかったはずの白狼が、あんなにいろいろと世話を焼いてくれたのか。働きすぎてしまったと感じるくらい、力を貸してくれたのか、と。

　すると、白狼は肩を竦めて、

「……お前は、これまでの他の人間と違って、変われる者なのではと思ったのだ」

「それって……見込みがあるってこと？」

「ああ、そうだな」

「……なんでそう思ったの？」

「それは」

「それは？」

「神のみぞ知る」

「……あの。それは、つまり白狼だけが知っているという意味？　秘密ってこと？」

「詳細な理由まで全て明かしてしまっては、お前のためにならんかもしれんからな」

　ふ、と白狼は笑った。

　そうして彼は、絢子が用意した食卓に目を戻す。

「だから、俺は今後、料理もしなければ掃除もしない。番犬として家とお前の身の安全は護ってやるが、俺が働きすぎては、変われるものも変われなくなってしまうからな」

　墓穴を掘ってしまった、と絢子は思ったが、遅かった。

……その朝以降、白狼は絢子が呆れるほどにだらけだした。

だが、絢子が気づかぬ間に、〝何か〟を片付けてくれていたりはするようだ。

その何かが、物質なのか、はたまた運気に関わる霊的なものなのかは、絢子には分からない。だが、怖いので訊かずにいる。彼は時々、買い出しなどに出て外から帰った絢子の肩の辺りを無言で払ってくれたりするのだ。本当に〝祓って〟いるのかもしれない。

そんなわけで、料理と掃除等は、絢子が単独でやっている。そもそも白狼は神様なので、手伝ってくれていた最初の数日が「働きすぎだった」というのは間違いではないと絢子も思う。

だが、白狼が続けてくれていることもあった。

髪のブラッシングだけは、毎晩、絢子にしてくれている。

しかも、とても丁寧な手つきで、入念なのだ。

神様相手に一体なにをしていただいているのだろう……と絢子は思いつつ、当の神様である白狼が「やってやる。そして、俺にもやれ」と言うので続けていた。一度、絢子は「もしかして髪フェチですか?」と白狼に訊いたことがある。だが、「ぼさぼさの髪より綺麗な髪の方がいいに決まっているだろう」と残念なものを見る目で言われてしまった。

以降、絢子自身も心地いいので、特に拒否はしていない。

髪を触られることに抵抗がない、と言ったら嘘になる。だが、突然家に転がり込んできたのが見知らぬ男性ならいざ知らず、白狼は神様だ。なので絢子は抵抗というより、申し訳なさを感じている。

何より、この謎のブラッシングによる交流が、いいストレス解消になっていることに気づいていた。温泉にでも浸かったあとのように、よく眠れるのだ。

ちなみに現在使用しているブラシは、白狼がどこからか取り寄せた立派な猪毛のブラシにグレードアップされている。やはり、効果が違う逸品というものは存在するらしい。

「髪だけじゃなくて、肌の調子もいいんだよね……」

朝、洗面台の鏡を覗き込んで、絢子は思わず呟いた。

肌の生まれ変わり――いわゆるターンオーバーには、一ヶ月以上がかかると言われている。ところが、絢子の肌は、二週間前とは比ぶべくもないほど整っていた。絢子自身、思わず触れた瞬間に「つるつる！」と叫んでしまったくらいだ。

……あと、もう一つ。

よく眠れる理由として『安心感』がある。

絢子がベッドで眠っている時も、白狼は部屋のソファにいてくれていた。

神様にソファだなんて畏れ多い……そう絢子も思ってベッドを譲ろうとしたのだが、白狼から断られてしまった。「俺はいいから、早く幸運が舞い込むように自分の体調をよくしろ」と。そう言って彼は、毎晩、ソファにいて護ってくれている。

それが絢子にも感じられるからだろうか。元カレが出て行って以降、久々に快眠できる日が続いていた。悪夢の類《たぐい》も一切見なくなった。

というか、近所の公園にたむろするようになっていた暴走族や、ピンポンダッシュする子供たち、昼夜問わずに部屋を間違えてドアを叩く怖い借金取りのような者たちも、すっかり気配がなくなっている。

家の周囲すらも、一気に平和になっていた。これも快眠の理由だろう。

「……うん。これなら化粧のノリもよさそう」

鏡に映った自分の顔を見て、頬が自然と緩む。そうして絢子は、出かけるために身支度を整え始めた。

というか、これから出かけるための服を買いに出かけるところだ。

白狼と共に要らないものを捨てまくった結果、毛玉がついていたりヨレヨレだったりする服も軒並みクロゼットから消えた。

その空いた空間に、新しい服を入れようと絢子は思ったのだ。

「よし。準備できた……いってきまーす」

「気をつけて行くのだぞ。楽しんで来るといい」

絢子が声をかければ、ソファの上で伸びていた白狼が手を振ってくれた。

基本的に犬神様は家を護るのが仕事らしいので、絢子は今日の買い物も一人で向かうことにした。そもそも、あの美形であの和装で出歩かれると大変目立つ。

だが、ついて来てくれなくても、家から送り出し、出迎えてくれる誰かがいる。

「うん……いいことだな」

絢子はアパートの外で一つ深呼吸をして、通りに出た。

二週間前よりも、外の空気は爽やかに感じられた。

まだ夏といえる陽気だが、暑さはだいぶ和らいでいて、湿気が少なくなっている。

……最後に服を買おうと思ったのは一体いつだっただろう、と絢子は思う。

ちょっと前に辞めることになった会社は制服だった。可愛いと思った服を買っても、付き合っていた彼から芳《かんば》しい反応が得られなくて、買うこと自体を無駄だと思うようになった。自分のために買おうとは、ここ最近思えなくなっていた。

特に、無職になってからは不要だろうと思ったのだ。生活費、大事。

けれど、仕事を探しに出るための服すらないのは、さすがに困りものである。

一時期は社会が混乱していたが、今はもう落ち着いて、ほぼ通常通りに動いていた。

経営が傾いた会社から絢子はリストラされてしまったが、経済が回復してゆくにつれて雇用も増えてきているようだ。

というわけで、絢子もそろそろ仕事を探さねばならない。

在宅勤務《テレワーク》という言葉も、以前より浸透してきている。だが、それでも面接は直接の対面でというところはあまり変わっていない。

画面越しの面接では分からないこともある。直接会うのは、それだけおかしな人間を入社させたくない、ということなのだろう。一目で相手の人となりを完全に理解できるような完璧な人事はいないだろうが『何となくやばい』とか『うちには合わないかも』というのは空気で分かるらしい。

絢子も、以前の会社の人事担当者から、そんな話を聞いたことがあった。その人事担当者から「雨宮さんは長くないかもね」と言われたことも……。

(……あれは、何かあったら真っ先に辞めさせるっていう認定をされてたのかも)

そんな風に過去のことを思い出す。

絢子に怒りや悲しみが押し寄せてくるのは、だいたい後になってからだ。時間をかけて熟成して発酵した感情が、既に物事が終わったあとに爆発する。

でも、もう過去のことだ。自分はその会社にもういない。

(早く忘れちゃおう)

絢子は後ろ髪に引っ掛かった記憶の欠片《かけら》を振り払うように、パッと短くなった髪を揺らした。そうして前を向いて歩く。白狼に髪を切ってもらった効果か、一歩一歩が軽い。髪と共に、蓄積していた悪いものも本当に切り落としてくれたようだ。

絢子が向かったのは、生活圏にある百貨店だ。

スーツも、私服も、ルームウェアも、建物の中を歩き回れば一気に見られる。

（やっぱり見に来てよかったな……）

服も通販で済ませればいいかな、と思っていた。

そんな絢子に「外で買ってくるといい」と言ったのは白狼だ。

実際、言われた通りに外に出てきてよかった、と絢子は思う。

売り場の空気、世の中の流行、世間の調子。

こうして実際に見てみないと分からないことも少なくない。いずれバーチャルな空間で服を見て確認したりすることが普通になるかもしれないが、今はまだ現物を見るのが当たり前の世界だ。だから、世の中から切り離されないように、時々は外を歩くのも大事なのかもしれない。

世の中は、たぶん、無数の縁《えにし》の糸で編まれたものなのだ……絢子は、外にいる人たちを見ていてそんな風に思った。

ただ、その編み目から、今は自分が外れてしまっているけれど——絢子はその自虐的な考えを捨てようと頭を振る。悪く考えることがすっかり癖になってしまっているが、白狼に言われたように、よいことだけを考えようと意識する。

やがて気に入る服を見つけてほくほくと買い終えた絢子は、ふと思い立った。

（ああ、そうだ。白狼にも何か服を買っていこうかな……）

神様が人間の服を着るかは分からない。だが、家にいる時に着心地のいい服があれば喜ぶのでは、と出がけにソファの上にいた白狼を絢子は思い出したのだ。

絢子は、さっそくルームウェア売り場へと向かった。

白狼は手触りのよさを重視しそう、などと考えながら、彼が気に入りそうな男性用の服を見る。

と、その時だった。

「あれ？　もしかして雨宮さん？」

突然声をかけられて、絢子は「えっ」と驚き振り向く。

そこに、男性がいた。

絢子と同じくらいの年頃で、どこか見覚えのある――。

「――真木《まき》さん？」

「そうそう、お久しぶりです。覚えててくれたんですね」

いやあ嬉しいな、と真木は屈託なく笑った。

彼は、真木晴彦《はるひこ》。

絢子が以前勤めていた会社に仕出し弁当を届けてくれていた、老舗《しにせ》洋食屋の店員だ。店員、と言っても洋食屋は彼の父が営んでおり、彼は次期店長として店を継ぐ……といった以前、絢子は聞いていた。配達されてきたお弁当の受け取りを事務の絢子がしていたので、それでよく話していたのである。

社内の他の女性たちからも、彼はその好青年ぶりで人気だった。そのため彼と仕事上やり取りのあった絢子は、強い風当たりを感じていたことを思い出してしまう。

……ちょっとだけ、胸の辺りが苦しさを思い出した。

「雨宮さん、何だか雰囲気変わってて一瞬分からなかったんですけど……よかった、人違いじゃなくて」

「え、変わりました……？」

「何だか明るくなりましたよね――あっ、別に、前が暗かったとかじゃなくて！」

慌てて補足する晴彦に、絢子は思わず笑いを零した。

「いいえ、前は暗かったと思います」

言いながら、やっぱりそうだったか、と絢子は自覚する。

やはり第三者から見ていても、自分は暗く――白狼も指摘していた『不幸そうな顔』に見えていたようだ。

彼氏に振られてからか、振られる前からかは、分からない。

だが、そこから変われたのだとしたら。絢子は少し嬉しくなって頬を緩めた。

……が、晴彦の視線を感じて、咳払いで誤魔化す。

「んんっ……あー、真木さんは相変わらずお元気そうに見えますけど、あれからお変わりなく、ですか？」

「ええ、何とか。世の中バタバタしてましたけど、店の方も無事に持ち堪《こた》えてます」

「それはよかったです！　それじゃ今度、真木さんのお店にお弁当買いにいきますね。ハンバーグとか、食べたいなって思ってたんです」

「来てくれたら嬉しいです。何なら店で食べてってくれても……ああ、でもよかった。雨宮さんの会社からの弁当の注文、あれからなくなってたから、雨宮さん、最近どうしてるかなって思ってたんですよね」

「あー……私、あの会社、辞めたんですよ」

絢子の話に、晴彦は「えっ」と声を上げた。

それから彼は、何となく事情を察した様子で頭を掻いた。ここ最近は職を失う人間が少なくなかったので、絢子もそうだろうと紐づけたようだ。

「全然知らなかった……いや、知らなくても当然なんですけど」

「すみません、急だったので挨拶もなしで」

「いえ……あの、雨宮さん。よかったらこのあと少し話しませんか？」

今度は絢子が「えっ」と声を上げる番だった。

「買い物でお忙しいようなら、また今度でもいいんですけど。せっかくお会いできたので――あ、でも、男と二人だと彼氏さんに怒られるかな」

「彼氏さん……？」

晴彦の言葉に、絢子はキョトンとする。

同時に、晴彦もキョトンとし返してきた。

「うん？　服、彼氏さんの服を探してたんじゃないの？」

「え――あ、これは違うんです！　ちょっと……えーと、お世話になった人にプレゼント、みたいな？」

「ああ、なるほど」

歯切れの悪い絢子の説明だったが、晴彦は納得してくれた。

「ここの服、いいですよ。僕も部屋着にしてるんですけど」

「へえ……あ、そうだ真木さん。店員さんに訊くようなことかもしれないんですけど……もしよかったら、お薦めを訊いてもいいですか？」

「ええ、僕のお薦めでよければ。どんなのを探してます？」

「えーと、手触りというか、肌触りがよくて、気持ちよくだらけられるような服がいいです。上下で」

「あー、それだったら――」

絢子の要望に、晴彦はすぐにそれらしい品を紹介してくれた。

フリーサイズとのことだったので、大きさを気にする心配もあまりない。これなら白狼も気に入ってくれそうだ、と絢子はすぐにそれを買った。

それから絢子は、晴彦と共に百貨店の中にあるカフェに入った。

窓際の席に座ると、周囲の街並みが一望できる。歩いている人たちの流れに、世の中も前に前にと動いているのだと分かった。

「雨宮さんが求職中ってことなら、力になれるかも」

晴彦が、そう真面目な顔で言った。

まだ夏の気配が残る日差しが差し込む窓辺で、冷えたアイスコーヒーを飲みながら、世間話――本当にそのままの意味で、このご時世についての話――をして、先ほどの退職話になった時だった。

思ってもいなかった言葉に、絢子は目を瞬く。

「え……本当ですか？」

「はい。うちは店を古くからやってるせいか、周辺地域に常連さんも多くて、いろんな話が耳に入ってくるんです。で、人手が足りないので求人を出そうと思ってるって話してた経営者の常連さんが最近いたんですよね」

「へえ……」

「詳しい話ははっきりと聞いてないんですけど、雨宮さんが前にやってたような事務の仕事みたいでした。この辺だと知ってる人も多い会社ですし、社長本人も、僕から見た印象ですが、昔からいいおじさんって感じの方だから、条件も悪くないんじゃないかなって……よかったら確認してみますけど、どうでしょう。うちからの紹介だったら、悪いようにもされないと思いますし」

「ええと――」

絢子は一瞬、躊躇った。

そんな親切にしてもらっていいのだろうか、と。だが、

――『他人の悪意や己の愚かさには気をつけて、それでも素直に心を開いていれば、たくさんの幸いを受け取れるぞ』

白狼が言っていた、そんな言葉が過る。

晴彦を改めて正面から見る。特に悪意のようなものは感じられない。

そもそも話の流れ的に、完全に晴彦の親切心から出てきた話題だ。絢子を陥《おとしい》れるような要素はないし、別に条件を聞いてから断ることもできる話である。

「――ご厚意ありがとうございます。お願いしてもいいでしょうか」

絢子は、頭を下げて頼む。

それを前に、晴彦は「はい」と笑顔で頷いてくれた。

☪

「……ということがあったのね」

帰宅した絢子は、白狼に今日あったことを話して聞かせた。

というか、帰宅した瞬間に白狼から直々に尋ねられたのだ。「何かよいことでもあったか?」と。

「まともな仕事が得られそうなら、それはよいことだな」

白狼が嬉しそうに言った。

自分にあった出来事をこんな風に喜んでもらえる……それは絢子にとっても嬉しいことだった。思いやりが連鎖するようだ。

「まあ、決まるかは分からないんだけどね。条件もまだ分からないし、私が相手の条件に合うかも分からないし。喜び損になるかも」

「それは損をしてから考えればよいことだ。まずはよきことがあったと喜ぼう」

「うん。白狼が外に出ろって言ってくれたおかげだよ。それ以前にお礼を言わなくちゃいけないんだけど……それで、これ、買ってきたんだ」

言って、絢子は白狼に紙袋を差し出した。

中身は、彼のために買ってきたルームウェアだ。

「白狼は神様だから、人間みたいに着替えるって概念があるのか分からなかったんだけど……家で過ごしてる時間が長いから、どうかなって思って」

かさ、と白狼は紙袋を開けて、中身を取り出した。

毛並みのいい子犬を撫でているような、ふわふわとした手触りの服だ。

その服を広げて、じっ、と白狼は見つめていたが——やおら立ち上がると、するっ、と袴の帯を解き始めた。

呆然と見ていた絢子だが、一瞬の間ののち「は⁉」と事態に気づく。

「え、白狼⁉　ちょっと待って！」

「ふむ？」

「なんで脱いでるの⁉」

「着替えるためには脱がねばなるまい？」

「着替えるんですね！　着替えられるんですね！　オーケー分かった、分かりました！　着替え終わったら教えて！」

言うなり、絢子は大慌てで後ろを向いた。

どうやら神様も服を着替えることはできるらしい。だが、羞恥心はないようだ。

（やっぱり人間とは違うんだなぁ……）

そう思いつつ、絢子が待っていた時だ。

背中に気配を感じたと同時、ふわ、と頬に温かいものが触れた。

「わ、わわ、なに？」

振り返ると、白狼の顔が近くにあった。

背後から抱きつかれていることに、絢子はそこで気づいた。

目が合った白狼は、にっ、と八重歯を見せて笑う。

「これはよいものだな。着心地もよいが、手触りもよい。お前もそう思うだろう？」

「う、うん。そう思ったから買ってきたんだけど」

ふかふかした感触に包まれて、絢子は困惑する。

白狼は狼、山犬の神様だ。そんな彼からすると、じゃれついているような感じなのだろう。だが、人の身体でこのように抱きつかれては、絢子も意識せずにはいられない。柔らかい服の生地越しに男性らしい身体つきを感じると、相手は人ではないと理解しつつも、どうしたものかと悩んでしまうのだ。

つまり、絢子はドキドキしてしまっていた。

「よし。今日は食事を作ってやろう」

と、硬直していた絢子をパッと解放して、白狼が気前よく言った。

「え、いいの？　私に作れって言ってたのに？」

「たまにはいいだろう。美味《うま》いものを食って、舌を肥えさせることも大事だしな」

「嬉しい……けど、働きすぎたら負けなのでは？」

「これは労働ではない。よいものを俺のためにわざわざ用意してくれたこと、それに対しての褒美を取らす、と言っているのだ」

なるほど物は言いようだ、と絢子は思った。

というか、白狼がそれでよいのならば、絢子的にはいいのだ。白狼の手料理がおいしいのは、既に絢子も知っている。また食べたいと思っていた。

「あ。でも、食材は冷蔵庫にあるもので足りる？」

「前にも言っただろう。取り寄せられるのだ」

と白狼は明後日の方を向くと、息を吸い、

――オオオオオーン！


遠吠えのような声を発した。

びくっと再び硬直した絢子だが、すぐに我に返る。ここは住宅街の中にあるアパートの一室だ。まだ日なかとはいえ、今の声は明らかに苦情が来てもおかしくない大きさである。

「ちょ、ちょっと白狼、今のは近所迷惑——」

詰め寄りかけて、はた、と絢子は動きを止めた。

リビングの入り口に、白い犬のようなものが座っていたからだ。

白狼と出会った時のように、唐突にそこに現れていた。今まではいなかったはずだ。

「ああ、相変わらず早いな」

「……あの、白狼。この子は？」

「俺が治める群れの者だ。月芳から食材を届けに来てくれた」

「お……おおかみ？」

「いや、この銀太《ぎんた》は犬だ」

白狼の紹介に、銀太と呼ばれた犬は頭をぺこりと下げた。

「お初にお目にかかります。銀太と申します」

礼儀正しく挨拶されて、絢子も思わず「雨宮絢子です」と答える。

相手が犬で喋っている……そのことに気づいたのは答えたあとだったが、白狼も同様だったので今さら驚くほどでもないか、と物分かりよく納得してしまった。

そんな絢子の態度を快く思ったのか、銀太は座ったままパタパタと尻尾を振っている。賢そうな顔立ちをしているが、その挙動には犬らしい愛嬌があった。

「今の遠吠えは、俺が守護を担当しているお前と、犬神たちにしか聞こえん。だからご近所様の迷惑にはならん。安心しろ」

さすが家を護る犬神様だ、と絢子は感心した。

無用な争いごとは、たとえ神であっても避けるが吉、ということらしい。

「白狼様。食材は、かようなものでよろしかったでしょうか」

銀太の横に置いてあった、山ブドウの蔓《つる》で編んだような葛籠《つづら》。その蓋《ふた》を開けて覗き込み、白狼は満足げに頷く。

「うむ……そうだな。充分だ」

「お勤めご苦労様です。白狼様と雨宮様のご様子、皆にも伝えておきます」

「ああ、頼んだ。特にあいつにはつぶさに教えてやってくれ」

そう銀太に言いながら、白狼は絢子に視線を向ける。

……なぜ見られたのだろう？　それに『あいつ』って？

そう絢子が訝《いぶか》っているうちに、銀太は一つ頷いて、

「畏まりました。よく伝えておきましょう。また何かございましたら、お呼びつけください」

立ち上がると、玄関の方へ振り返った。

同時に、すうっ、と空気の中に溶けるようにして消えてしまった。

「……あれが噂の瞬間移動？」

「そうだ。そしてこれが、月芳から届いたものだ」

銀太は消えてしまったが、葛籠はその場に残っている。

絢子はその中を覗き込んで「わぁ」と声を上げた。

秋という季節柄だろう。鶏肉に卵、人参や葱《ねぎ》などの定番食材に加え、山菜やキノコ、栗や胡桃《くるみ》などの木の実も入っている。ちょっとした宝箱のようだ。

「白狼、何を作ってくれるの？」

「できてからのお楽しみだ。食えぬ病のものはないな？」

「食えぬ病……アレルギーのことなら特にないよ。苦手なものは——」

「美味く作ってやるから、とりあえず食ってみろ」

「……はい」

絢子は、実はキノコが苦手だった。

小学校の時に初めて食べた時、謎の食感に「これは野菜なの？」と脳が混乱したのだ。それを大人に尋ねたら「菌だ」と言われて、なお混乱した。訳が分からないそんな状態で毒を持っているものもあると聞き、怖くなって、それ以来、何となく苦手になってしまったのだ。

ついでに山菜も苦手だった。

これも小学生の頃に食べて「うわ苦い」と思って以降、ずっと近づかずにここまで来たのである。大人が「美味い美味い」と言っているのがまったく理解できず、理解する気もなく、そして現在……。

（……大丈夫かな）

白狼の料理の腕は確かだ、それは何度か作ってもらって知っている。

だが、自分の舌の方が、確かではないかもしれない。

いくら白狼がおいしく作ってくれても、それを理解できないかも……絢子はそんな風に不安に思ったものの、「リビングで待っていろ」と言われてしまったので、黙って白狼にキッチンを預けた。

そうして、リビングで絢子が片付けをしつつ、待つこと一時間。

「できたぞ！」

キッチンから、エプロン姿の白狼が顔を覗かせた。

その手に持ったお盆には、彼お手製の料理が載っている。

数種の山菜の天ぷら、青菜の胡桃和え、鶏肉と卵の甘煮、栗ご飯、そしてキノコ汁という、素朴でありながら、都会ではなかなか食べられない新鮮な山の食材を使った豪華なメニューだ。

「うわ、おいしそう……！」

「おいしそう、なのではない。間違いなく美味いぞ。野菜や山の物は採れたて、鶏肉も絞めたばかりのものだ」

「そ、そんなことも分かるの……?」

「匂いでな。まあ、生きたまま持ってきても、俺が捌《さば》くので構わなかったのだが」

「構います。ここでそういうのは、困ります」

「まあ、食おうじゃないか。お前の仕事が決まることを祈りながら」

テーブルに料理を並べて座りながら白狼が言った。

絢子も、誘われるままに白狼と料理の前に座る。

「いただきます」

そう手を合わせて箸を取り――一瞬、躊躇《ちゅうちょ》した。

普段の癖で、最初に汁椀を手に取ったはいいものの、中身はキノコ汁である。

しかもキノコはふんだんに使われていて、それどころかキノコしか入っていないように見える。何のキノコが入っているかも分からないし、何なら名前も知らないキノコばかりのような気も……。

「とりあえず食ってみろとは言ったが、無理はしなくていい。無理した結果、具合が悪くなっても困るからな」

「う、うん……」

「だが、食わなきゃ損な味だ、とは言っておく」

ず、とキノコ汁を啜《すす》って、白狼が「いい出来だ」と満足げに頷いた。

はくはく、とおいしそうに口にキノコを運ぶ彼を見ていた絢子は、自分の手元に目を落とす。

……ちょっとおいしそうな気がしてきた。おいしいのかもしれない。

いや、たぶん、これはおいしい……そう直感が訴えてくる。

絢子は思い切ってキノコ汁に口を付けた。数種類は混ざり合ったキノコの味が凝縮された汁を、その味の素である具のキノコを、口に含み、

「え。おいしい？？？」

混乱した。

目を白黒させて、絢子は汁椀に目を落とす。

「待って。おいしいんですけど。なにこれ、おいしい。どうしよう、おいしい」

「だから言っただろう。美味く作ってやる、と」

「そうだけど……私の知ってるキノコと全然違うよ……？」

「よかったな、キノコの美味い味を知れて」

白狼がにやりとする。

彼は「食わなきゃ損な味だ」と言った。

確かにそうだ、と絢子はいま口にした味に思う。これは、食べなければ、知らなければ損だ。いや、損だと知ることすらなかっただろう。

「嫌いなものや苦手なものが減ると、人生はそれに比例して幸せになる……そうは思わないか？」

白狼が山菜を摘まみながら言う。

彼はそれを塩につけて食べた。

山中の月芳ではない、海に近い他の神社で作られたという藻塩《もしお》らしい。白狼は天つゆよりも塩で食べるのが好きだという。絢子は塩で天ぷらを食べたことがなかったので、試しに彼に倣《なら》ってみた。

「えっ、嘘、おいしい……山菜なのにおいしい」

「こら。山菜に失礼だろう。謝れ」

「す、すみませんでした……すごくおいしくて、びっくりしちゃって……でも、何でだろう。白狼が作ると全部おいしくなるの？　それとも産地直送だから？」

「それらもあるだろうが、それだけでもないだろう。お前が苦手に思った頃から時が経ち、味覚が変化したのもあると思う。そしてその逆もあるはずだ」

「逆……？」

「昔好きだったが、そうでもなくなった、というものはないか？」

「……ある、と思う」

結構な頻度で食べていたはずの、ジャンクな食べ物。スナック菓子など。

嫌いではないが、昔ほど欲することはなくなった、と絢子は思う。

そして、食べ物だけではない。

頭に過るのは、過ぎ去った昔の思い出だ。この部屋で一緒に過ごしていた人と、その記憶。一緒にいた頃は、あんなに世界のすべてみたいだったのに……。

「……前に進んでるってことなのかな」

「老化とも言うな」

「ええと、だから言葉を選んで欲しいなって……でも、白狼は神様だし、老けなそうだからいいよね」

「案外そうでもないぞ。内面だけを取っても、昔はもっとやる気に満ち満ちていた」

「あー……そっか……」

絢子はそこで、白狼がやる気を失くしてしまった理由を——働きすぎたら負けだと考えるようになってしまった経緯を思い出した。

神様だって、ずっと変わらないわけではないのだ。

人間を護ろうというやる気は、無条件でずっと満たし続けられるわけではない。

やる気がなくなった時に、人は老化を感じる。徒労感からやる気を失ったという白狼も、そうなのだろう。

白狼にそう思わせてしまったのは人間だ。

そしてまた、絢子も人間だ。頑張ろうとは思っているけれど、自分も白狼のやる気を削いではいないだろうか……そう不安に思った時だった。

「最近は少し若返った気がするがな」

言って、白狼がふっと微笑んだ。

「え。それって、もしかして」

「頑張ってくれよ。俺も、お前の運気の行く末を楽しみにしているのだ」

うん、と頷いて、絢子は白狼の手料理を口に運ぶ。

キノコ汁に山菜の天ぷら。それ以外の栗ご飯も、青菜の胡桃和えも、鶏肉と卵の甘煮も……どれも絢子の身体と心に染みていくような優しい味だった。これまで知らなかったそれらのおいしさに、絢子は舌鼓を打つ。

白狼の手料理は、何だかそれ自体が運気を上げてくれるようだ。食べることで、身体の中がきれいに浄化される気がする。

一口一口、ご利益を噛みしめるように、絢子はありがたくいただくのだった。

第三章

運気の変わり目

絢子が百貨店で晴彦と出会った日から、数日後のこと。

連絡先を交換した晴彦から、絢子は彼が働く洋食屋に呼ばれていたのだが――。

「えっ、本当にいいんですか⁉」

絢子は、思わず前のめりに尋ねた。

晴彦の手で運ばれてきた、この店自慢のハンバーグランチ。それを挟んで絢子の向かいに座っていた年配の男性がにこりと微笑む。

「ええ。晴彦君から大体のお人柄も伺っていましたからね」

男性の言葉に、カウンターにいた晴彦も笑った。

絢子の目の前にいるのが、晴彦が先日言っていたこの店の常連である社長だ。

うちの料理を食べながら例の仕事の話を……と晴彦に言われて絢子は今日、店にやって来たのだが、そこに既に雇用主――会社社長であるこの常連客がいて、その場でとんとん拍子で話がまとまってしまったところである。

「ここ最近の社会の流れで社内のシステムも変えているんですが、そのせいで事務作業も増えてしまって、それで十月辺りから働いてくれる方を探していたんです。雨宮さんがよければ、ぜひうちの事務員になってくれませんか」

「は、はい……」

絢子は落ち着いて答えた。浮かしかけていた腰をそっと椅子に戻す。

断る理由は見当たらなかった。条件も以前の会社よりよくて、しかも在宅勤務の選択も自由。入社時期も十月……もう間もなくである。

そして、ハンバーグランチは社長が奢《おご》ってくれた。

以前の会社では上司が奢ってくれるなんてことは一度もなかったな……、と絢子はそこで再び過去を思い出して比べてしまう。奢られたいわけではないけど、奢ってもらえるのは、気遣いのようなものを感じられて、素直に嬉しかった。

「よかったね、雨宮さん」

社長が一足先に帰ったあと、晴彦がカウンター越しにそう言った。

社長と絢子のやり取りを見守ってくれていたらしい。

「いい方でした。真木さんのおかげです、ありがとうございます」

「いえいえ、僕は紹介しただけで、社長のお眼鏡に適《かな》ったのは雨宮さんご自身ですからね。あ、よかったらですけど、紅茶とコーヒー、どっちがいいかな？　アイスとホットとあるけど。お代は結構です」

「え、いいんですか？」

「うん、就職祝い。本当はランチを奢ろうと思ってたんだけど、社長が払っていってくれちゃったからさ」

「あ……ありがとうございます。じゃあ、ホットコーヒーで」

「かしこまりました」

晴彦はそう言って、手で丁寧にドリップしたコーヒーを出してくれた。

カップから湯気と共に香ばしい香りが上り立つ。

その香りにどこかホッとしながら、絢子はカップに口をつけた。

白狼の料理と似た、人の優しさの味がして、それが身体に染みていくようだった。

食事をしつつの雑談がてらとはいえ、さすがに急に始まった面接のようなものに緊張していたらしい。身体の力がようやく抜けた気がした。

「会社のことでも、それ以外でも……何か困ったことがあったら言ってね」

レジでの会計時、晴彦がそう言ってくれた。

絢子はそんな晴彦に申し訳ないと思いつつも、感謝して「はい」と応える。

「……と、ところで、そのステーキ弁当は、雨宮さんが食べるんじゃないよね？」

晴彦が不思議そうに尋ねてきた。

店内飲食の会計が発生していなかった絢子だが、いま会計をしたのは、テイクアウトのお弁当代だ。白狼のために持ち帰ろうと思ったのである。

「ええ、そうですね。お世話になってる人にあげようかなって」

「そっか。ライス大盛りってことは、男の人——ああ、いや、何でもないんです。それじゃ、また！」

焦り気味の晴彦に見送られて、絢子は店を出た。

彼は何やら気になっていた様子だが、絢子には結局よく分からないままだった。お弁当のご飯を大盛りにするくらいよく食べる人がいるなら、ぜひ連れてきてくれ、ということだろうか。

だが、それについての疑問はすぐに消える。

仕事が決まったことの喜びの方がずっと勝っていて、絢子の中を埋め尽くしていた。まるで心の中の草地に突然たくさんの花が咲いたようだ。

「真木さんにも、何かお礼をしないと」

何がいいかなと考えつつ、絢子は自宅へと向かう。

歩調が速いのは、早くこの吉報を知らせたい相手がいるからだ。心が急《せ》いている。

どんな反応をするかな、と思いながら、絢子は家の鍵を開け、

「白狼、仕事決まったよ——」

玄関から室内に飛び込んだ瞬間、びっくりして言葉を失った。

目の前に、自室ではない光景があったからだ。

部屋を間違えたとか、そういう次元の話ではない。

目の前にあったのは、森だ。

草木が生い茂る、深い緑の森が部屋の中にあった。むしろ、部屋の面影はどこにもない。壁や天井、家具も見当たらない代わりに、広々とした青空がうっそうと茂る木々の間から見える。

「こ、ここは……？」

絢子は呆然と呟いた。

どこかで鳥の鳴き声がした。けれど住宅街では聞かない鳴き声だ。

周囲の気配も、人里のそれとは明らかに違う。

空気もいま歩いてきた外よりずっと清澄で、まるで高い山の上にいるような気分になる。背の高い杉ばかりだが、足元を見ると枯れた葉が地面を覆い始めていた。キノコも枯れ葉の間からたくさん顔を覗かせている。季節が一歩先に進んでいるようだ。

心なしか肌寒い。

ぼんやりしたまま、絢子はその森の中に足を踏み出した。

瞬間、ふか、と地面を覆っていた腐葉土の絨毯《じゅうたん》の感触が足底に伝わる。

「わ、わわ」

想定外の感触に驚いて、絢子は転びそうになった。

それを後ろから抱き留める者がいた。

「おかえり、絢子。しかしさっそく転びかけるとは、さすがだな」

すぐ背後から呆れたような声がして、絢子は振り返った。

助けてくれたのは、白狼だった。

最近の彼は絢子がプレゼントしたルームウェアを好んで着ていたが、今日は出会った時と同じような和装だ。比べるのも変な話だが、森の中では、こちらの方が合っている。

「ありがとう白狼……で、あの、これは一体……?」

「〝あわい〟を使って、この部屋の空間を月芳の山に繋げてみた」

「えっ、ここ、月芳山なの⁉」

絢子は周囲を見渡す。

景色、気配、空気……季節は異なるが、確かに、以前訪れたその地と何となく似ていた。身体の中がスッキリするような、背筋がピンと伸びるような、人知の及ばない大きな力に満ちている感覚……。

「で、でも、なんでそんなことを……っていうか、空間を繋げるなんてできるの?」

「一応、神だからな」

堂々と言われた白狼の言葉に、絢子は途方に暮れる。

その一言を出されると、もう何も言えない。というか、もう何でもアリだろう。

「お前の就職祝いに何がいいかと考えて、やはり運気を上げてやるのが一番だろうと思ってな」

「まさか、それでパワースポットごと持ってきた、みたいなことを……？」

「まあ、力を補充したら元の部屋に戻すが……うん、どうした？」

「えっと……これ、白狼にお弁当を買ってきたんだけど」

真木さんちの洋食屋謹製、ステーキ弁当ライス大盛り。

それを見せると、白狼は「俺に？」と一瞬ぽかんとしたが、やがて嬉しそうにはにかんだ。

「そうか、それはありがたい……しかし、山で食うのは他の生き物たちの手前、気が引けるからな。部屋に持ち帰らせよう。銀太」

すっ、と、どこからともなく白い犬が現れた。

絢子から白狼の弁当を受け取ると、また一瞬で姿が消える。

「銀太くん、なんて働き者……」

「あれは山犬らしい山犬だ。俺のような人型になる日も近いだろう」

「白狼もあんな感じだったの？」

「俺はもっと優秀だったぞ」

自画自賛する白狼に、絢子は苦笑する。

その様子に、白狼はむっとした。

「優秀でなければ、群れの総代など務まらんのだからな」

「疑ってないよ。白狼、心、読めるんでしょ？」

「むやみやたらと覗いたりはせん……と、無駄話はこの辺で切り上げる。行くぞ」

「え、行くってどこに？」

「あっちの方にな。ああ、その靴だと歩きにくいか。では仕方ない」

「えっ、わ、なに」

横抱きに抱かれて、絢子は白狼に運ばれる。

白狼は足場の悪い森の中を、道とも言えない獣道を、その辺の道でも歩くように、易々《やすやす》と進んでいく。というか、歩くというより、これはもはや跳んでいる。

ものすごい速度で後ろに流れていく景色に、速度を増して進めば進むほど厚くなる風の壁に、絢子は思わず白狼の胸元にしがみついた。

怖い。白狼から少しでも離れると、後ろに落とされてしまいそうだ。

目を開けているのも大変だった。からからに乾いてしまう。だからといって、閉じてしまうのも、絢子はもったいない気がした。この景色が流れていく不思議な光景を少しでも見ていたい――。

「俺のお気に入りの場所に連れていってやろう」

「お、お気に入りの場所……？」

「怖がるなよ？」

今よりも怖いの、と絢子が思った時だった。

ざっ、と木々の天幕が途切れる。


――その瞬間、絢子は息の仕方を忘れた。


目の中に飛び込んできたのは、空だった。

広くて澄んだ、この世の一切合切の悪いものを吸い込んで消してしまいそうな、透明で美しい蒼い世界。

「山犬か天狗《てんぐ》くらいしか知らない場所だ」

呆然と見ていた絢子に、白狼がそう囁いた。

そこで絢子はハッとする。

二人は、山の高い崖《がけ》の上に突き出た岩棚の上にいた。

　上下左右を、絢子は恐る恐る確認する。

　足場になりそうなところは見当たらない。足を踏み外せば、一瞬で滑落してしまうだろう。どこまで落ちるのか怖くて、下の方はあまり覗き込めない……。

「……知らないっていうか、普通の人は来られないよね。私一人じゃ絶対に無理そう」

「そうだな。この辺は熊とかもいるしな」

「熊！」

「狼もいるぞ」

「え、狼って、ニホンオオカミ？　絶滅したって聞いたことあるけど」

　絢子の言葉に、白狼はにやりと笑った。肯定にも否定にも取れる反応だ。

　日本の在来種であるニホンオオカミは、十九世紀が終わった直後に見られた一頭を最後に、現在までその姿は目撃されていないという。

　そして過去五十年にわたり生息情報が確認されていないものは、環境省が作成するレッドリスト――即ち、『絶滅のおそれのある野生生物の種のリスト』において『絶滅』の項目に記載される。そして、かつて月芳山の周辺には、ニホンオオカミが多く生息していたらしい……。

　月芳神社を参拝する道中で、絢子が何となく調べた話だ。もし、今の白狼の反応が否定を意味するものであれば、それはなかなかロマンがある。

「まあ、しばらく堪能していけ。物事が動く時には力が必要になるからな、本当はお前のような状態の奴は、一定期間、修験者のように、ここのような霊山に籠った方がいいのだが」

「ここじゃ、生きていける気がしないよ……」

びゅう、と風が吹いて、その冷たさに絢子は目を細めた。

どこかの木から剥《は》がれ落ちた小さい枯れ葉が、岩棚の上にパラパラと舞い落ちてくる。絢子の上にも降り注いだ。

腕の中で縮こまった絢子の様子に、白狼が「だろうな」と苦笑する。

「強くなければ生きられない過酷な環境だ。だが、お前たちが普段暮らしている下界も、別種の過酷さがある。そのことをゆめゆめ忘れぬようにな」

うん、と絢子は頷いた。

白狼の言うことは、分からないようで分かる。

人間の世界でも、強くなければ食い物にされたり、泣かされたりする。だから、人も群れる。群れることなく一人で生き残るためには、一人でも生きられるような強さがなければならない……それは、この山で生きる生命たちの在り方とあまり変わらないように思える。

「……結局、人間もそれ以外の生命《いのち》も、本質的には変わらないんだろうね」

　ぽつりと絢子が零すと、白狼がふっと笑った。

「大事なことに気づいたな。それが分かると、人生が楽になるぞ」

「え、そうなの？」

「そういう世界の根幹に流れている真理のようなものが、意外と生活の中で効いてくるのだ。たとえば、この世は弱肉強食、食物連鎖の世界だと分かっていたら、食われないように足掻くだろう？　ああ、足掻けない奴は死ぬ」

「あ、相変わらず直球だね……」

「まどろっこしいのは嫌いなのだ。遠回しに言えば、真意が伝わりづらくなることもあるのでな。なので、これもお前からすると直球と言われそうだが」

「なんでしょう？」

「撫でろ」

　えっ、と絢子は狼狽《うろた》える。

　白狼は絢子を抱きかかえたまま、その場にすとんと腰を落とした。

「きゅ、急になぜ……？」

「一つ。ここで霊気を溜めた俺を撫でることで、お前の運気が上がる。二つ。俺が撫でられたい」

「……本当に直球ですね」

「嫌なら無理にとは言わんが」

ちら、と白狼が流し目で絢子を見た。

神様相手に失礼だと絢子は思うが、こういう仕草は、ちょっと犬っぽい。

「……それで運気が上がるんでしょう？　それで嫌がる理由はないですよ……まあ、ちょっと気恥ずかしいけど」

「気恥ずかしい……そうか。では、こうしよう」

言ったと同時に、白狼が白く眩い光に包まれた。

これは出会った時と同じような状況では……と絢子が目を細めていると、やがて白狼の変化した姿が見えてきた。

全身真っ白い毛並みの、絢子よりも大きな狼の姿が。

「普段のブラッシングのように、お前の手技の確認をするわけではないからな。この姿なら気恥ずかしさとやらもあるまい。犬を撫でるのと同じだろう」

「ま、まあ、視覚的な意味ではそうだね。普通の犬より、だいぶ大きいけど」

「よし。では存分に撫でろ。この岩棚は狭いからな、もたれていいぞ」

確かに畳《たたみ》一畳あるかどうかという空間だ。言われるがまま、絢子は白狼の脇腹にもたれるようにして寄りかかった。

そうすると、必然的に白くて温かな美しい毛に埋もれてしまう。

もふ、と受け止められて、絢子は堪らずため息をついた。

「……これは……最高です……」

思わず絢子は呟いてしまった。

こんな大きなぬいぐるみがあったら、毎晩抱いて寝たいし、よく眠れそうだ。

そう思えるほどの、素晴らしい抱き心地だった。そのせいか、埋もれているだけで眠くなってしまう。

「こらこら、手が止まっているぞ」

あ、はい、と絢子は白狼の顔に手を伸ばした。

人間の姿でも美しい彼は、狼の姿でも美しい。その貌《かお》も、同じく……すっと鼻筋が通っていて、赤くて切れ長の目が、彼が人でも獣でもないことを表している。柔らかな毛の下、骨格、筋肉――そういった身体の造りの強さも、触れた手から感じる。強い存在なのだ。まるで、この峻厳な山そのもののように。

見た目だけではない。その内面もそうだ。

彼の物言いの鋭さに、絢子は最初こそ怖いと思ったものだが、苦い良薬のようなものだと最近は思う。そして、その苦さが気にならなくなったと同時に、分かってきたことがある。彼はいつも本質を語っているのだ、と。

「……白狼は素敵だね」

「なんだ、突然?」

「白狼みたいな人がいたらモテるんだろうなって思った」

見た目ではなく、心の話だ……大きくて、強くて、きれいで、優しい。

しかし、当の白狼はそう思っていないらしい。

「そうか?　大半の人間には嫌われると思うぞ」

「え、そうかな……?」

「俺は厳しいからな。俺のような人間がいたら、大多数からは忌み嫌われ、排除される側だろう」

寂しく聞こえる言葉を、けれど白狼は当然のことだというように言った。

それが自然の摂理だと言うように。

「お前だって、俺のような人間がいたら嫌だと思うぞ」

言われて、絢子は「う」と返事に詰まった。

「ほらな?」と白狼がその反応を知っていたというように口角を上げる。

「それは否定できない、かもしれないけど……でも、第一印象が悪いっていうだけなんじゃないかな。たぶん、話してみたらいい人だって思うはず!」

「なるほど。ということは、俺は、お前にとっていい人か?　ああ、人ではないが」

「うん。いい人で、いい神様だよ……たぶん」

「……最後の『たぶん』はなんだ？」

発言を曖昧にする絢子の補足に、白狼が石に躓《つまず》いたような顔をした。

「まだ一ヶ月くらいしか経ってないし、良し悪しを判断するには早いかなって……あ、これって素直じゃないかな？　私、よくない考え方してる？」

「いや……慎重さは生存するために不可欠な、大事な性質だ。素直さとも矛盾なく両立する」

悪くない、と言って、白狼は絢子を尻尾で包むようにした。

犬のそれよりも硬い、けれどふさふさの毛で覆われた尾が、山肌に吹きつける風から絢子の身体を護ってくれるようだった。まるで上等なコートにでも包まれたように温かい。

「日が少し照らないだけで、山の上はすぐに風が冷たくなる。しばらくこのままの状態で山の気を貰うといい」

「うん。ありがとう」

「たっぷりと受け取っていくのだぞ。運気が、物事が動く時は、すぐだ……そして有象無象がやって来る」

「有象無象……？」

「そうだ。いいものも悪いものも……既にその気配はあるが、気をつけるんだぞ」

白狼の言葉の意味が、絢子には分からなかった。

……一体、何がやって来るというのだろう。

そう考えを巡らせているうちに瞼《まぶた》が重くなってくる。犬神様の毛という最上級の毛布に包まれて眠りながら、絢子は霊山の気をその身体に宿してゆく……。


目を覚ました時、絢子は既に部屋のベッドにいた。


あの山での出来事は夢だったのでは、と一瞬、絢子は思った。

だが、髪の毛についていた枯れ葉を見て、現実に起きたことだったと理解する。

それに、身体が軽い。前回、月芳神社を参拝した時以上に、身体が、心が軽くなっている。きっとあの岩棚が、山の力が濃い奥地にあったからなのだろう。

「白狼、ありがとう」

ソファの上にだらんと横たわっていた白狼に、絢子は山に連れていってくれたお礼を伝えた。

「礼には及ばんさ」

「お腹は空いてない？」

「すてーき弁当とやらは、おいしくいただいた」

晴彦のところで絢子が買ってきたものの、岩棚では食べられないということで銀太が家に運んでおいてくれたもの。口に合うか分からなかったが、大丈夫だったらしい。

「そっか。気に入ったなら、また買ってくるね」

「ああ、それもいいが――……俺は、お前の手料理も気に入ってるぞ」

「え、本当？　じゃあ、これからも謹んで作らせていただきます」

「ああ、でも、仕事が忙しくなるようなら無理はするなよ。俺は適当に済ませるし、何なら俺が作ってやってもいい」

「私はすごく嬉しいけど、でもやっぱり、働きすぎたら負け、なんでしょ？」

絢子が言うと、白狼は虚を衝《つ》かれたような顔をした。

「白狼にご飯を作るのは、お供え物みたいなものだから。ちゃんと作るよ。私がちゃんとした料理を作れているかも判定してもらわなきゃいけないし」

「……そうだな。でもまあ、無理のないようにな。お前が疲れて変なものに憑かれでもしたら本末転倒だ。必要ならば、働きすぎぬ程度に働いてやろう」

白狼のそれとなく気遣うような発言に、絢子はくすりと笑った。

本当に、厳しいのか優しいのか、よく分からない神様だ。

だが、最近の絢子は、そんな白狼と一緒にいることを心地よく思っている。そう実感している。

もし、彼が同じ世界に生きる者だったならば。

人間だったならば。きっと、素直に惹《ひ》かれていただろうと思うほどには——。


「……自分を幸せにしてくれそうだから、そう思うのかな」

絢子のそんな呟きに、え、と声を上げたのは晴彦だった。

「えーと……どうしたの、雨宮さん?」

カウンターの中で皿を洗っていた晴彦が、怪訝な顔で尋ねてくる。

そこで絢子はハッとした。

晴彦の家の洋食屋、そのカウンター席だった。ぼんやり考え事をしていたのだが、どうやら、思っていたことが口から出ていたらしい。

「あ。ええと、すみません、独り言で」

「こっちこそ、ごめん。なんか盗み聞きしたみたいになっちゃって」

お互いに照れつつ頭を下げる。

晴彦は元々、前の会社でやり取りがあり、絢子も知らない相手ではなかった。

だが、ここ最近は以前よりお互いの距離が縮まっていた。仕事の斡旋やら何やらで絢子がお店を訪れることも多くなったため、以前より会話することが増えたからだ。

今日の絢子は、先ほどまで、ここで社長と打ち合わせをしていた。

晴彦の紹介によりこの洋食屋で仕事が決まって白狼が月芳の山に連れていってくれた日から、かれこれ一週間ほど。

社長と改めて会っていたのは、入社とその後の仕事についての説明を、またもランチをとりながら受けるためだ。社長は、書類と代金を置いて既に帰ったあとである。

そして絢子は、晴彦が「お疲れ様」とサービスで淹れてくれたコーヒーを飲んでいたところだった。

ちょっと前まで、仕事のことを考えていたはずだ。

……なのに、気づけば頭の中は白狼のことに切り替わっていた。

なんでかなぁ、と絢子は頭を悩ませる。晴彦に声をかけられるまで、独り言を口にしていた自覚もないほど考え込んでいたなんて……。

「あの、雨宮さん……今の話、突っ込んで聞いても？」

晴彦に言われて、えっ、と絢子は狼狽《うろた》えた。

……なぜ私の独り言なんかを突っ込んで聞こうと？

そう絢子が思ったのがカウンター越しに伝わったのか、晴彦は慌てて説明しだす。

「あ、嫌ならいいんだ！　ただ、深刻そうな顔してたから、気になっちゃって」

「私、そんな顔してました……？」

「雨宮さん、前の会社にいた時も思ってたけど、結構顔に出ますよね」

「白《はく》ろ――友人にも言われたんですよね。いろいろ顔に出てるぞって」

名前を言いかけて何となく濁《にご》した絢子を、晴彦がまじまじと見つめてくる。

何だろう、と絢子が思っていると、

「ご友人は、男の人？」

晴彦に、友人の性別を訊かれた。

「？　はい。そうですけど？」

「……よく見てるんだなぁ」

晴彦のため息に似た呟きに、絢子は首を傾げる。

白狼は守り神的な犬神様ということもあってか、確かに自分をよく見ていてくれている。見た目から内面まで、つぶさに見ては、教官のように指導を入れてくる。

だが、なぜそれを晴彦は分かったのだろう？

白狼のことを話したことは、これまでなかったはずだ。

「……あ。もしかして、よく見ないと分からないくらいにしか顔に出てないってことですかね？」

絢子の真面目な問いに、晴彦は「えっ」と戸惑ったような声を上げた。

想定外の反応に「あれ？」と絢子は首を傾げる。

「そういう意味ではない……？　なら安心、って思ったんですけど……」

「あー、いや……うん。そう、よく見ないと、分からないかなって」

「ああ、やっぱりそうですか！　よかった……みんなに顔でいろいろ分かられちゃってるのかなと思って、ちょっと心配で。安心しました」

「そ、そっか……」

「真木さんは接客業されてますし、やっぱり観察眼が優れてらっしゃるんですかね？」

「えー……っと…………そうかもしれませんね」

バツが悪そうに晴彦は苦笑いする。

どうしてそんな反応をするのだろう、と絢子が疑問に思っていた時だった。

カラン、と扉のベルが鳴り、来客を告げる。

晴彦は会話を中断し、「いらっしゃいませ」と新たな客を出迎えにいった。

絢子も接客の邪魔をしないようにと、店を出るべく帰り支度を始める。だが、

「あれ……あれあれ？」

甲高い声がして、絢子は思わず振り返る。

来店した若い女性だった。その目が、じーっと絢子を見ている。

なんだろう……？　と絢子が怪訝に思っていると、

「あーっ、やっぱり〜！　雨宮さんだ〜！」

突然名前を呼ばれ、絢子は驚いて硬直する。

「あたし、雨宮さんと会社一緒だった！　営業の蓮見一華《はすみいちか》ですよ、覚えてません？」

誰？　と思ったのが絢子の顔に出たのだろう。女性——一華が名乗ってきた。

その名前を聞いて、ああ、と絢子もようやく思い出す。

蓮見一華。

絢子より二年ほど遅く入社した、前の会社の営業だ。

部署が違うこともありあまり関わることはなかったが、絢子が残業する時はほぼこの一華のせいだった。提出書類にミスが多すぎて、その精査と修正とにかなり時間を要したのである。そのため、名前だけはよく覚えていた。

嫌なことを思い出してしまった……と絢子が内心で苦々しく思っていると、一華がずいっと絢子の顔を覗き込んできた。

「ここ、うちの会社が予算削っちゃってお弁当とらなくなったから、時々食べに来てるんですよ、あたし。真木さんの顔を見るのも、目の保養になるし」

「はあ、そうですか……」

訊いてもいない説明をされてしまい、絢子は曖昧に返事をした。

と、一華がまじまじと見つめてくる。

マスカラ——いや、付けまつ毛もバッチリついている——大きな目で、穴の開くほど凝視してくるので、絢子は居心地の悪さに身を捩《よじ》らせた。

……何なのだ、一体？

そう思っていると、一華が「ふーん」と何やら納得したように頷いた。

「雨宮さん、雰囲気変わりましたね」

「え？　そう、ですか？」

「うん。前はもっと暗かったですよね～。関わったら不幸が移りそうって感じで」

絢子の脳内が、一瞬フリーズした。

……それ、言う？　言う必要、ある？

「ねえ、真木さんもそう思いますよね？」

「は、はい？」

一華に問われて、晴彦も戸惑うような声を上げた。

「ほら、前の雨宮さん、知ってますよね？」

「いやいや、雰囲気は確かに変わったかなって思いますけど、不幸がどうとか、そんなことは思ったことも」

「ふーん……まあ、いいですけど」

ちょっとつまらなそうに一華は言った。

それから「あ」と思い出したように声を上げる。

「そうだ、雨宮さん。今度うちの会社の若手で飲み会するんですけど、来ません？今月と、あと来月にも新入社員が入ってきたらやろうって話になってるので、どっちかでも都合が合えば参加してくれると嬉しいんですけど」

笑顔で話を持ち掛けてきた一華に、絢子はわずかに考えた。

せっかく誘ってくれたのだから、参加するべきなのではないか。こういう時は断ったりするべきではないのではないか……。

「……いえ、遠慮しておきます」

悩んだ末に、絢子は断った。

自分の気持ちに正直に従うことにした。

「え〜、遠慮なんていいのに〜」

「若手というほど若手でもないですし」

「気にしなくていいですよ。ほら、仲いい人とかいましたよね。あの人も来ますよ、うちの課の香山《かやま》――」

「私、もう会社を辞めた身なので」

それじゃ、と言って、絢子は笑顔で会釈《えしゃく》した。

晴彦にも軽く会釈をして、店を出る。

「うーん……」

歩きながら、絢子は思わず唸った。

家に向かって歩いているうちに、胸の辺りが思い出したように疼《うず》き出したからだ。

……すごく、もやもやしていた。

（もやもや？　いや、これは……むしゃくしゃ？）

そこで、なるほど、と思い至る。

（私、腹立ってるのか……）

まただ、と絢子は自分の怒りが遅れてやって来たことに気づいた。

いつも怒りに気づくのが遅いのだ。その場で相手に怒っていることを示すことができれば、こんな風に舐められることもないのだろうに……。


「そうだな」

帰宅して愚痴《ぐち》ったところ、ソファの上で寝そべっていた白狼にそう断言された。

ソファの背もたれの裏側で、絢子は目を眇めて立ち尽くす。

何となくそんな風に返されるだろうな……とは予測できていた。

だが、こうも躊躇なく言われると、思った以上に精神へのダメージが大きい。たぶん、心が怒りでぐらついているせいもある。

「そっか、私のせいか……」

「言ってきた奴の思慮が足りていないのは別として、だ。むしゃくしゃしてるのは、その場で怒れなかったお前のせいだろう？」

絢子が贈ったルームウェアに包まれた白狼が、ソファの上で寝返りを打つ。背もたれに顎を載せるようにした彼と、絢子は目が合った。赤い瞳にまっすぐに見据えられ、絢子は居心地が悪くなって身じろぐ。

「うん……そうです」

絢子は、素直に認めた。

白狼の指摘は、自分でも思っていたことだったからだ。

「あとから『ああ言ってやればよかった』とか考えて、ちろちろ下火だったところに燃料を投下するから、怒りの炎が上がって心の鍋が沸騰するのだ。そして吹きこぼれる」

「それも分かってるんだけど……」

はあ、と絢子は思わずため息をついた。

こんなことで悩むのも馬鹿らしいとは思いつつも、つい考えてしまう。

「……やっぱりあの場で怒った方がよかったのかな。怒るまでしなくても、失礼ですよ、とか言っておいた方が……」

「いや、そうでもない」

白狼の返事に、おや？　と絢子は目を瞬く。

意外に思ったのだ。

「……言わなくてよかったの？」

「よいかどうかは別として、言わなかったのは大人の対応だと俺は思う」

「大人の対応……？」

「人間の社会では大事なことだろう。何でもその場で怒れば解決するわけでもなし。森を燃やせば、それはもう元には戻らん。燃やした奴だというレッテルを貼られて後ろ指を差されることもあるだろう……ああ、この〝板〟の中でも、よく燃えているようだな」

白狼が手元に目を落としながら言った。

「板……？」

絢子は白狼の手元を覗き込み——そこにあったものを見て、目をぱちくりさせた。

白狼の手の中にスマホがあった。

……犬神様が、スマホを弄《いじ》っておられた。

「えっと……どうして持ってるの？」

「絢子がいない間はなかなか暇でな、と言ったら、銀太が持ってきてくれたのだ」

「どこから？　いや、どうやって？　契約どうなってるの？」

「さあ？　銀太のことだ。抜かりないとは思うが、気になるなら訊くといい」

「は、はあ……じゃあ、今度また会った時にでも……で、何が燃えてるの？」

絢子は、白狼の持つスマホの画面を覗き込んだ。

SNS——ソーシャルネットワーキングサービスの画面だった。

犬神様が、人間が使っているSNSをやっておられた。

「えっ、まさか白狼、アカウントも作ったの!?」

「いや。『ろむせん』と銀太は言っていた」

「ROM専……ねえ、銀太くんは何でそんな言葉を……」

〝リードオンリーメンバー〟——書き込まずに読む専門の人間のことだ。

俗世でしか、しかも世間一般でもそこまで浸透していない、ネットサーフィン専門用語のはずである。

白狼はまたも「さあ？」と首を傾げた。

「まあ、SNSとか、ネット社会では余計な一言でよく燃えてるね……」

「現実でも変わらんぞ」

「白狼でも実感することがあるの？」

「あるとも。森の中で呟いたほんの一言が、近くで聞いていた虫や鳥たちによって一気に拡散され遠くの者の耳に入り、殺るか殺られるかの地域紛争に発展する……などということは山の中でもあったことだ」

「えぇ……そんなことが……」

「争いは避けたいものだが、そのような情報経路があるおかげで、山犬たちの動向をその場から動かずとも得られるという利点も俺にはあった」

……まるでSNSではないか、と絢子は白狼の話に思う。

どうやら社会やそこに生きる者、情報の伝播する媒体が変われども、起きる事象自体には、さほど変わりがないらしい。

「つまりだな」と白狼が、ぴっ、と指を立てて言う。

まるで教鞭のようなその指を見て、絢子は彼の話を傾聴する姿勢を取った。

「その時むしゃくしゃしたことをその場で発散するか、一人で抱えて耐え忍ぶかは選べるのだ。どっちがいいとか悪いとかは、あとから本人が評価することだ。その場ですぐには分からん」

「そっか……」

「燃えて焼け野原となった場所に、新しい森ができることもあるからな。燃えること自体も、大局を見れば、一概に悪いという判別はつかん……だが、俺は我慢できる人間は好きだ」

「そうなの？」

「すぐに噛みつく犬は、人間だって嫌いだろう？」

「それはそうだけど……それって、なんか犬からしたら、どうなんだろうって思う」

人間からすれば御しやすいことは好まれるだろう。

……だが、犬からすれば嫌だったりするのではないだろうか。

絢子のそんな疑問に、白狼は「犬側にもいいことはある」と言った。

「噛まない賢い犬だと思われる。可愛がられる。それによって餌を貰えたりもする」

「あ、なるほど……」

「結局、どこから見ているか、視点の問題なのだ。そして、お前自身が何を優先するかが、選択するうえで大事なのだ」

「私がすっきりしたいか、周りによく思われることを選ぶか……？」

「そういうことだ」

絢子が確認するように尋ねると、白狼は深々と頷いた。

生徒がようやく問題の解答を導き出したことに満足したような様子だ。

「極端なことを言えば『殺してスッキリ！』と自分が思う方を選ぶか、『あいつ、殺したってよ』と周囲に思われることを選ぶか、ということだな」

「極端っていうか物騒な……ああ、でも、やっぱり分かった」

うん、と絢子は納得する。

あの場で言い返して、たとえばそれで揉《も》めてしまったとしたら……。

たぶん、晴彦や彼のお店、その店主である彼の父にも迷惑がかかっただろう。

そうなると、もうあのお店にご飯を食べに行くことはできなくなるし、せっかく決まった仕事にだって影響が出たかもしれない。そもそも、仕事を斡旋《あっせん》してくれた人のお店で揉め事を起こすなんて、失礼にもほどがある。大人の対応では――。

「――大人の対応じゃ、ないね」

「そういうことだ」

ふっ、と白狼は笑った。

白狼に答えを認めてもらえると、間違っていなかったと思えるから不思議だ。

たぶん白狼だけじゃなくて、誰かに「間違っていない」と言ってもらえれば、気持ちというのは楽になるものなのだろう。

でも、選択の正否は、本来は自分で判断しなければいけないことなのだろうな、と絢子は思う。きっと、それができるのが本当の大人なのだろう、と……。

「……というか、白狼サマ。それは一体？」

白狼のスマホの画面を見て、絢子は思わず尋ねた。

何かのゲーム画面だった。

犬神様が、スマホでゲームをしておられた。

「いや、この板はすごいな。下界の情報を得られるだけでなく、こうして遊戯までできる。銀太に暇だとは言ったが、まさに暇潰しに最適の道具だ」

「ま、まあ、スマホはいろいろできるからね」

「千年の間にここまで成長する……人間というのは、やはりすごいものだな」

白狼は感心したように言った。

スマホ片手にだらけながら言う言葉ではないでしょうに、と絢子は苦笑する。だが、人間は神様が感心するくらいの存在であるらしい。

と、ゲーム内で何かが起きたことを知らせるような電子音が、スマホからした。

「おお、れべるあっぷ？　成長したようだな」

ゲーム画面を見て、白狼が嬉々として言った。

その傍らで、絢子はぽつりと呟く。

「……私も成長します」

ちょっとした言葉で揺れたりしないように。

そのために、揺るぎない自分を手に入れるのだ、と。

不運の中から自力で抜け出せるくらい、強い自分になるのだ、と……。

第四章

過去からの呼び声

十月。

季節は日毎に冬へと向かい始めた。

二ヶ月前、白狼と出会った頃は、まだ夏の盛りだった。

だが今は、先月、白狼が連れていってくれた月芳の山の中のような冷たい風が、絢子の住む都内の住宅街にも吹くようになっている。

そんな風に、季節は前へ前へと移り変わってゆく……。


絢子の生活も変わっていっていた。

二ヶ月前に無職だった絢子は、十月一日から、新たな会社に入社した。

晴彦の洋食屋で紹介された、あの会社だ。

事務員として入社し、会社の面々に挨拶はしたが、以降は在宅勤務で働いている。

晴彦の言った通り、地域ではよく知られた老舗の会社だが、新しい時代にもその働き方にも、柔軟に対応しようとしているようだ。

絢子の任された事務の仕事は、基本的には会社にいる時と在宅時とで、あまり内容に変わりがないようだった。ネットを介してできることも多い。

だが、ともすれば、だらけてしまいそうになるのが在宅勤務というもの。会社よりも能率が下がったという経験談も巷《ちまた》にはあったため、絢子は自分を律することができるか少し心配していた。

だが、それも問題なかった。

絢子には、厳しい見張り番がついていたからだ。

「仕事は順調か？」だの。

「進捗はどうだ？」だの。

「まだ半分しかできてないではないか。巻きでやれ」だの。

ちょっと油断した瞬間に、白狼から容赦なくお尻を叩くような指導が入るのだ。

……まるで家に目敏《めざと》い上司がいるようだった。

おかげで、絢子の在宅勤務はすこぶる捗《はかど》っている。

「姿勢が悪いと腰をやるぞ」とか。

「時々は立ち上がって背を伸ばせ」とか。

そんな指摘も随時されるため、猫背や腰痛ともまったくの無縁だ。

月芳神社は、仕事運のご利益があることでも知られている。

その鳥居から拝殿へと続く参道には、多大なご利益があったことの証明のように、あるいは感謝の証のように、奉納の石碑や石灯籠《いしどうろう》が並んでいる。

仕事が決まったこと、そして自宅での在宅勤務が捗ること……それらの確たる事実に、絢子はしっかりと仕事運上昇のご利益を感じていた。白狼自身も、自らの仕事ぶりに相変わらず胸を張っている。

厳しいことも言うけれど本当に面倒見がいい神様だな、と絢子はそんな白狼に感謝しているのだった。


「雨宮さんのことで、社長さんから感謝されたよ」

ランチを食べに行った時、晴彦から絢子はそう言われた。

すっかり常連に認定されていて、来店に少し間が空くと「体調でも崩してた？」と心配されるようになっている。

あの蓮見一華も時々来ているようだが、あれから一度も遭遇していない。

……会いたくないな、と絢子は思っている。

だが、前回遭遇したあとに、晴彦から「来なくならないでね！」と懇願されたので、気にせず来るようにしていた。

何より、苦手な客がたった一人いるからといって来なくなるには、この店はもったいない場所だった。ご飯は文句なしにおいしいし、晴彦は気さくで、彼と世間話をしていると、絢子は在宅勤務で鈍りがちな社会性が保たれる気がするのだ。

「感謝、ですか？」

「『いい人を紹介してくれてありがとう～』って言われました」

「え……社長、そんなこと仰ってくれてたんですか？」

「うん。親父も鼻高々で。雨宮さんを紹介したの、僕なのにさ」

晴彦のその言葉に、厨房の奥にいた彼の父が「社長をお前に紹介したのは俺だぞ、晴彦」と息子に笑顔で言い返している。

真木家の父と息子。

二人の会話を、絢子は時々こうして耳にすることがある。

外から見ている限り、何の壁も距離も感じない。会話のラリーも、もつれたり、変に途切れたりすることがなく、スムーズだった。二人ともお互いのテンポをよく分かっているようだ。

（本当に仲がいいんだなぁ……）

カウンターと厨房の二人の様子を見て、絢子は微笑ましく思った。

同時に、自分の両親のことを思い出す。

それと同時に〝結婚〟の二文字のことも……。

(……いやいや。仕事が決まったばっかりなのに、結婚はないでしょうよ)

絢子は内心で頭を抱えた。

家族、両親……からの、結婚。

紐づけられているかのように、するりと出てきた二文字に、自分の中にすっかり刷り込まれている概念なのだな、と思い知らされる。

(そもそも、結婚相手もいなくなったわけだし)

元カレのことが頭を過る。

結婚するつもりだった人。同棲までしていた人。

考えない方がいいと分かっていても、結婚という言葉によって意識が過去に引っ張られてしまう。だめだ、と自分に言い聞かせようとすればするほど、頭の中がそれ一色になる……。

と、晴彦が窓の外を見て「あ」と声を上げた。

「あーあ、雨だー……」

そうウンザリしたように言って、晴彦はカウンターを出て扉へ向かう。

外に出していた看板を回収しに行くらしい。彼の父も、店の裏手に干していたものを回収しに、勝手口から出て行った。

絢子も窓に目をやり、外の様子を眺める。

空が薄暗かった。ガラス越しに見える地面に、雨で染みができている。

大型の台風が日本を舐めていくような時季も過ぎて、最近は気持ちのいい秋晴れが続いていたのだ。今日のような雨降りの日は珍しい。

そんなわけで、すっかり油断していた絢子は折り畳み傘を持っていなかった。

(どうしよう……長いかな……)

スマホで天気予報を見る。

予報では通り雨らしい。一時間以内に止みそうだ。

仕方ない、少しゆっくりさせてもらおう……絢子がそう思っていた時だった。

手元に置いていたスマホが震えた。

電話の着信だ。

(誰だろう、会社からかな)

自分に電話をかけてくる人は、会社か晴彦……そして、スマホの使い方を覚えた白狼くらいだ。

何も身構えずに、スマホを手に取り、

「え……？」

そこに表示されていた着信画面を見て、絢子は固まった。

実家からだった。

数年ぶりにかかってきた突然の電話に、さっ、と絢子の血の気が引く。

（どうして電話が……まさか、お父さんとかお母さんに、何かあった……？）

出ようかどうか迷っていると、そのうちスマホは震えるのを止めた。

留守電に切り替わったらしい。

その留守電に、実家からかけてきた誰かは、何やらメッセージを残しているようだ。

録音しているらしい電話の表示——。

——やがて、その表示が画面から消えた。

それを確認し、絢子は恐る恐るスマホを耳に当てる。

そうして、残された留守電を聞いた。

……耳元から、懐かしい母の声がした。

『絢子？　最近連絡ないけど元気なの？　こっちはお父さんと二人、相変わらずなんだけど……そういえば、あんたの結婚についての話なんだけどね——』

皆まで聞かず、絢子は途中で切った。

聞くに堪《た》えない内容だったからだけではない。晴彦が戻ってきたからだ。

はあ、と絢子は周囲に分からないように、小さくため息をつく。

両親の身に何かあったわけじゃないといいんだけど……、などと少しでも祈った自分が馬鹿みたいだった。

無視しよう、とスマホを無意識に伏せる。

「結構、降ってきてますね」

カラン、と音をさせて扉を閉めながら、晴彦が言う。

確かに雨粒は大きそうだった。

窓にぶつかって滴《したた》るその速さで、カウンター席にいたままの絢子にも雨の勢いが何となく分かる。カウンターの中に戻ってきた晴彦も、外にいたのはわずかな時間だったにも拘わらず、その髪や服などに大粒の雨が残した痕跡があった。

「雨宮さん、傘持ってますか？　なんなら貸しますよ」

「お気遣いありがとうございます。一時間くらいで止む通り雨みたいなので、すみません、少しゆっくりしていってもいいですか？」

「ええ、もちろん。雨宮さんの時間が許すなら、いくらでもゆっくりしていってください。他のお客さんもいないし、この雨だともうしばらく誰も来ないだろうし——あっ、すみません、ちょっと親父を手伝ってきます！」

すぐ戻ります、と言って、晴彦が勝手口から出て行った直後だった。

カラン、と店の扉についたベルが鳴った。

あ、言ってる傍からお客さんが……と絢子は思ったが、特にそちらに目は向けなかった。晴彦はすぐに戻ってくるだろうし、店員でもない一客である自分が、入ってきた人を無遠慮に見るのは失礼だと思ったからだ。

ところが、相手はそうではなかった。

「あー、本当だ！　いるじゃん！」

ぎくり、と絢子はその声に身を強張らせた。

聞き覚えのある声だった。

聞きたくもない声だった。

……気のせいであれ、と祈りながら、絢子はその声を無視する。

きっと別人の声だろう。声の似た人間なんて、この世にはごまんといるはずだ……そう思いながら、目の前のコーヒーカップに手を伸ばす。

指先が震えて、カップの中に波紋ができる。

「あれ？　人違いじゃないよな……絢子？」

――かちゃん、と。

持ち上げようとしたカップが、ソーサーと当たって硬い音を立てた。

絢子は恐る恐る、声のした方に目を向ける。

そして、そこに見たくもない顔を見た。

「あー、やっぱり絢子じゃん！」

別れた元カレがそこにいた。

正確には、自分を捨てた男がそこにいた。

名前を口にするのも、思い浮かべるのも憚《はばか》られる者だ。二度と会わないだろうと思った相手だ。

それが今、にやけた笑いを浮かべて絢子を見ている。

「な、んで……ここに……」

コーヒーに口を付けなかったことを絢子は後悔した。

外では雨が降っているのに、喉がカラカラに渇いている。

尋ねると、元カレは頭をポリポリと掻いた。

「一華――あ、蓮見さんに聞いてさ。なんか最近ここに来てるみたいだーって言ってたから」

……あの人か、と絢子は苦々しく思い出した。

絢子の元カレは、絢子のいた会社の人間だ。

しかも、一華とは同じ営業部。だから二人に接点があるのは知っていた。

だが、嫌味を言って人の気分を害すだけでは気が済まず、余計な情報を余計な相手に流すなんて……。

「……蓮見さんが言ってたから、たまたま来てみたところに、ちょうど私がいた？」

「あーいや……うちの会社でここによく弁当買いに来る奴がいるからさ、お前がいたら教えてくれって言ってたんだ」

絢子は引いた。

純粋に気持ち悪いと思ってしまった。

「ていうか、なんでわざわざここ……家、知ってるじゃない」

「いや、お前、引っ越したろ？」

「引っ越し……？」

「ビビったわ。家に行ったら知らねー外国人みたいな、でかい男が住んでんだもん」

白狼のことか、と絢子は考えた。

彼のことを考えた瞬間、頭がわずかに冷静になる。

だが、この男が来たとは、白狼からは一言も聞いていない。

……敢えて言わなかったのだろうか。気にしないように、と。

「電話も着信拒否してるしよー……つーか髪切ったのかよ」

「ちょっと、触らないで」

絢子は髪に触れようとした元カレの手を振り払って、ぱっと距離を取った。

その対応が気に食わなかったのか、元カレがむっとした。

「はぁ？　んだよ、前は普通に触らせてくれたのに」

「そ、それは付き合ってたからでしょう。今はもう他人なんだから、触らせないのが当たり前」

「うわ、他人って。つれねーな……てか、なんで切ったんだよ、髪」

「何だっていいでしょう……放っておいてよ……」

「俺、好きだったんだけどなぁ、お前のロング」

知るか、と絢子は吐き捨てそうになるのを堪えた。

油断すると、コップの水を顔面にかけてやりたい衝動に負けそうになる。

「……なんで、会いにきたの？」

「会いたかったからさ。あれからお前リストラされるし、心配してたんだよ」

「嘘でしょ」

「嘘じゃねーよ……お前、田舎から出てきて一人だったし、仕事なくなって生活は大丈夫かなぁって――」

「心配してくれなくて結構です」

思った以上に冷たい声が喉から出て、絢子自身が驚いた。

そして、それ以上の言葉を出したらどうなるか……怖くて、抑えるので手いっぱいだった。何せ、時間が経って、別れを言い渡された時に感じた悲しみが、怒りが、熟成して、発酵してしまっているのだ。

爆発してしまう――そう思った時だ。

「あ、いらっしゃいませ～」

晴彦が奥から戻ってきた。

と、そこで彼は、新しい客がいることに気づいたらしい。

「すみません、お席のご案内を……あれ？　どうしました？」

絢子とその客の顔を交互に見て、晴彦は二人の間に漂う異様な空気を感じたようだ。

だが、彼は努めて明るく振る舞おうとしていた。

だから、絢子も、晴彦に倣《なら》おうとした。

迷惑をかけるわけにはいかない。大人の対応をしなければ――。

「ああ、大丈夫です。ちょっと昔の知り合いで」

「いやいや、知り合いなんて浅い関係じゃないっすよ」

ぴき、と絢子の笑顔にヒビが入りかける。

頼むから余計なことを話さないで……そう内心でひやひやしながら絢子は祈った。

だが、その祈りは呆気《あっけ》なく無視された。それどころか、

「絢子、あのさ……もう一度やり直さないか。結婚のこと、ちゃんと考えるからさ」

元カレが口にした予想の斜め上の発言に、絢子は唖然とする。

――『有象無象がやって来る』

そう白狼が言っていたことを、ふと思い出した。

運気が動く時は、いいものも悪いものもやって来る。気をつけるんだぞ……彼はそう言っていた。

いいものは、晴彦やこの店や仕事関係のご縁。

悪いものは、一華と会ったこと。嫌味のようなことを言われたこと。

絢子は、てっきり、それだけだと思っていたのだ。

……けれど、どうやらまだ押し寄せてきていたらしい。

「真木さん、ごめんなさい。もう帰ります」

晴彦にだけ謝罪をして、絢子は金額ピッタリをレジのところのキャッシュトレイに置くと、そのまま逃げるように店を出た。元カレと晴彦の呼び止める声が背後から聞こえたが、店の扉が閉じ切る前に、絢子は歩き出していた。

外に出てから、絢子は「あ」と気づく。

雨が降っていたのだった。

しかも、容赦なく体温を奪う、冬の気配を宿した刺すように冷たい雨だ。

「寒っ……」

身体を震わせながら、絢子は家路を急いだ。

日が雲に遮《さえぎ》られているからか、店に行った時より気温もぐっと下がっている。さらに冷たい雨に濡れれば、寒いのは当然だった。

身体から、どんどん熱が奪われてゆく……。

傘を借りればよかったと思いながら、同時に、しばらく晴彦の店には行けないな、とも絢子は思った。

……酷い態度で出てきてしまった。

大人げない……そう思いながらも、すぐにあの場から、あの男の前から離れたくて、我慢ができなかったのだ。

早く、早く帰らなきゃ……帰って、鍵を閉めて、あの男が追ってこられないように、入ってこられないようにしなきゃ……絢子は混乱で息の仕方を忘れそうになりながら家を目指す。

同棲していた頃から家の場所は変わっていない。だが、鍵は変えてあるし、白狼が追い返してくれたからか、幸いなことに引っ越したと思われている。

何より、家には白狼がいる。

いつの間にか、絢子の歩みは早歩きから駆け足になっていた。早く、早く帰らなきゃ、彼のところに——。

——絢子は、嫌なことを思い出してしまった。

会社で、残業をたくさん押しつけられたこと。

周囲から「まだ結婚しないのか」と無遠慮な言葉をぶつけられたこと。

結婚の話を切り出したら、元カレから「別れよう」と簡単に言われてしまったこと。

会社からリストラされたこと。理由が「残業が多いから」だったこと。元カレと別れたことなど知らない人事から「主婦になればいい」と言われたこと。

それら全部に、納得できず、傷つきながらも、反発せずに受け入れてしまった自分

……違う。反発できなかった弱い自分。

嫌だ。嫌だ。嫌だ。

記憶の蓋が開いた隙間から、嫌な過去が芋づる式に出てきてしまう。発酵どころか、どろどろに腐っていた感情が噴き出して、覆いかぶさろうとしてくる。

逃げなきゃ、と絢子は走った。

過去に追いつかれて引っ張られてしまう前に——。

「きゃっ……」

絢子は悲鳴を上げて立ち止まる。

焦りながら走って交差点の角を曲がった時、一時停止を無視したバイクと接触しかけたのだ。何とか回避したが、あと少しでもタイミングがずれていたら、事故になっていただろう。

「あ……ぶない……」

絢子の頭は、そこでわずかに冷静になる。

だが、心は荒れてざわざわと波立ったままだ。

(なんで、急に……なんで、今……)

雨に打たれたまま、絢子はぼんやり考えた。

白狼がやって来て力を貸してくれて、居心地のいい人とお店と縁が繋がって、新しい会社に再就職できて、その仕事も軌道に乗りそうで……もう大丈夫、もう前に進めるって、そう思っていたのに……。

「……本当に、なんでなの」

突然の実家からの電話。そして結婚の話。

突然の元カレとの再会。そして結婚の話。

「なんで今になって――」

「それは、お前の運気が変わろうとしているからだよ、絢子」

ふわ、と背後に柔らかな温もりを感じて、絢子は目を瞬いた。

同時に、涙が雨に混じって、目から音もなく流れ落ちる。

「白狼……なんでここに……」

「お前を護りにきた」

長い袖を雨避けにするようにして、背後から絢子を抱いて白狼は言った。

彼の腕の中で、ぐっ、と絢子は唇を噛みしめる。

「遅いよ……なんで……今さら……」

酷いことを言っている、と自覚しながらも、絢子は言ってしまった。

……一度燃やした森は元には戻らない。

そう白狼が教えてくれていたのに、口にしてしまった。もう吐き出した言葉は元に戻せない。なかったことには、ならないというのに……。

けれど、白狼は絢子の発した嫌味には反応しなかった。

それどころか――ぽんぽん、と頭を撫でてくれた。

瞬間、ぼろっ、と絢子の目からまた大粒の涙が零れ落ちる。

「すまんな。簡単に助けては、お前のためにならんと思ったからだ」

白狼の優しい手つきに、絢子の目からは涙がどんどん溢れてくる。

ぼろぼろと、止まらない。

「な、なんで……いつも厳しいくせに……今日は優しいの……」

「お前を――お前の心を――護ってやらねばと思って来たからだ。ここで厳しく言っては、その目的に反することになろう」

「何があったか……知ってるの……？」

「知っている」

ああ、そうか、と絢子は静かに目を瞑《つむ》る。

ホッとしたのだ。

何があったかを知っていて、それでも白狼は優しくしてくれている。

過去のことに心をざわめかせて、こうして涙を流していること。それを彼に蔑まれたり、呆れられたり――嫌われたりするのでは、と絢子は不安だった。

「……見限られたと思った」

「見限るには早いわ。お前の心が今どれほど苦しがっているのかも分かっているし、俺は今、あの男を噛み殺したくて仕方がないくらいだ」

「白狼でも、そんな風に思うことがあるんだ……でも、どうして？　私のことなのに」

「お前のことだからだ」

白狼が苛立《いらだ》ったように、ぐ、と喉を鳴らし、絢子を抱く腕に力を込めた。

「お前が成長するために必要なことだとは分かっているのだ。だが、大事にしているものを傷つけられて何も感じないほど俺は――」

「大事……私が？」

「――帰るぞ。弱り目に祟《たた》り目、風邪をひかれては敵《かな》わんからな」

絢子の疑問の言葉を遮るように、白狼はそう言った。

目を開けて追及しようとしたところ、絢子は彼の大きな手で目元を覆われてしまう。

「え、な、なに？」

「目はそのまま瞑っていろ。光の道を通る」

急に絢子を包む周囲の空気が温かくなった。

白狼の言葉の意味は分からなかったが、絢子は目を瞑ったまま彼に身を任せることにした。瞼の向こうが、太陽の日差しでも当てられたように明るく、眩しくなる。だが、それも一瞬のこと……。


……気づけば、絢子は自分の部屋にいた。

どうやら白狼や銀太が使う瞬間移動をしてきたらしい。瞬間移動、とはよく言ったもので、本当に一瞬の間だった。

「とりあえず風呂に入って温まってこい。話はそれからだ」

そう白狼にタオルを手渡されたので、絢子は素直に浴室へと向かった。

こうなることを白狼は事前に知っていたのか。既に温かなお湯がバスタブに張られていた。

その湯に冷え切った身体を沈めて、絢子は失われた熱を取り込もうとする。

と、そこで、ふと気づいた。

「……あれ？　これ、普通のお湯じゃない？」

肌に触れたお湯が、なんだかまろやかだ。

色がついていないので分からなかったが、入浴剤か何かを入れたようなお湯だった。

まだ浸かって間もないのに、肌も徐々にすべすべになってゆく。まるでいい泉質の温泉にでも浸かっているような——。

と、その時、脱衣所に人影が見えた。

「絢子、入るぞ」

「……はい？」

ガラッと浴室の扉を開けて、白狼が入ってきた。

和装にたすき掛けで、長い白銀の髪も一房に結い上げている。仕事モードの時の格好だ。

絢子は慌ててバスタブに沈み、その身体を隠した。

「な、なな、なに⁉　なんで入って来てるの⁉」

「禊の時間だ」

絢子の裸体には、さほど興味がない様子で白狼は言った。

そのあまりに落ち着き払った様子に、絢子も少し冷静になる。

言われた言葉を頭の中で反芻する。その意味を考える。禊……身の罪や穢れを洗い清めること……。

「じ、自分の身体くらい、自分で洗えますけど」

「身体は自分で洗えばいい。だが、髪はだめだ。俺が洗わねば、どうにもならん」

「髪……？」

絢子は首を傾げる。

なぜ白狼は髪を洗うなどと言うのだろう？

「お前、触られただろう？」

バスタブに沈んで身体を隠したまま、絢子は白狼の言った意味を考える。

確かに、元カレに触られた。

確かに、すごい嫌ではあったけれど……。

「……でも、それと白狼が洗ってくれるのと、どういう関係が？」

「よくない縁の糸が纏わりついているのだ。あの男のニオイで、臭くて敵わん」

うげ、と思わず絢子は自分の髪に触れようとした。

と、白狼にその手を取られる。

「ちょっ、あの、なんで掴むの⁉」

「髪に触るな。他に移る」

「え――いや……そんな汚い菌みたいな……」

「穢れだからな。似たようなものだろう」

言われて、わりとそうかも、と絢子は思ってしまった。

……というか、触られた瞬間を思い出して、おぞましい、などと思ってしまった。

「私、あの人のこと、もう本っ当に嫌いなんだな……」

「今さら気づいたのか」

「か、過去のことだから、考えないようにしてたの！」

「まあ、間違いを起こす前に気づけたのなら上等だ」

「間違いって……？」

「ヨリを戻して、そのまま結婚」

「絶対やだ」

一瞬も迷うことなく即座に自分が発した言葉を、絢子は遅れて理解する。

と、笑いが込み上げてきた。

「ふ……ふふ……やだ……嫌だよね……本当そんなのは……ふふっ……やだ」

絢子が笑うのに合わせて、バスタブのお湯が揺れる。

本当に、自分の中で、元カレとのことは過去の出来事になっているらしい。そのことにずっと気づかなかったことが、絢子はおかしくて堪らなかった。

嘘でしょう、と思った。

あんな男のことが好きで、しかも結婚まで考えていたなんて。正直、どうかしていたとしか思えない。いや、本当にどうかしていたのかもしれない。

……馬鹿だなあ、と絢子は自嘲する。

自分のことなのに、どうして今まで気づかなかったのだろう……考えれば考えるほど、変なツボに入って笑いが止まらない。

同時に、涙が出た。

だが、悲しいとか悔しいとか辛いとか、そういう類の涙ではない。

一滴、また一滴と流すごとに、不思議と心が、軽く、楽になってゆく……。

「……のぼせられても困る。このまま髪を洗うからな」

白狼が気遣うように言って、絢子の髪に湯をかけた。優しい手つきだった。水が跳ねて顔にかかるようなこともない。

強い口調のわりに気遣いの塊《かたまり》のような犬神様だ、と絢子は思う。

バスタブに張られていた湯は、聞けば、月芳の山から湧き出ている温泉の湯なのだそうな。神社では『神の湯』とも呼ばれるその温泉の源泉から、この浴室にまたも瞬間移動で運んだらしい。

髪の禊用の湯も、桶に用意されている。

「本当に贅沢なことです……」

神の湯を使って、神様に髪を洗っていただく。今日あった凶事の一切合切もお湯で流せてしまいそうだ、と絢子は単純にも思う。流してくれているのは、今、背後で髪を洗ってくれている白狼なのだが。

このお礼には、何をお供え物として用意したらいいだろう……そう髪を洗われながら、絢子はぼんやりと考えるのだった。


絢子の髪を洗ったあと、白狼は早々に浴室から出て行った。

まるで、これっぽっちも、やましい空気にはならなかった。

狼の神様だから人間に興味がないのか、神様だから人間の俗っぽさがないのか、はたまた千年以上の間に裸体など男女問わず見飽きたのか……。

白狼の冷静さの理由は分からなかったが、安心したような、でもちょっと悔しいような、複雑な気分で絢子も遅れて浴室を出た。

「落ち着いたか？」

服を着て、濡れた髪をタオルで拭きながらリビングに向かうと、白狼はルームウェアに着替えて寛《くつろ》ぎモードになっていた。

その光景を見て、絢子は何だかホッとした。

ここ最近の、いつもの我が家だ。

「うん、おかげさまで……ありがとう白狼。髪、洗ってもらうの気持ちよかった」

「それならよい」

来い来い、と白狼がソファで手招きする。

湯上り直後ということもあって思考が緩んでいた絢子は、何の躊躇いもなく彼のもとへ向かった。そして、示された場所に素直に座る。

そこで絢子は気づいた。

白狼がドライヤーを構えていた。

服装は寛ぎモードだが、気持ちはまだ仕事モードでいらっしゃるようだ。

「え……ブローまでしてくれるんです？」

「穢れをキレイさっぱり洗い落としたあとだ。ついでに俺の神気で覆っておくのがいいだろう。変なものがもう寄りつけぬようにしてやる」

白狼の言葉に、絢子は苦笑する。

念入りな厄落としのようだった……いや、実際、絢子にとって元カレは突然降りかかってきた厄のようなものだった。そんなこと思ってもいなかったし、加えて後ろ髪を引かれてすらいたのだが、再会して気づいてしまった。

今の自分にとって、元カレはもう足を引っ張ってくる存在でしかない、と。

「嫌なことがあったな」

絢子の濡れた髪をドライヤーで乾かしながら、白狼がそう言った。

温風の渦巻く音はうるさいが、耳元で話してくれているので、よく聞き取れる。

「あの……白狼は、どこからどこまで知ってるの……？」

「馴染みの店で雨宿りをしていたら、実家から電話がかかってきて結婚話を匂わせるような留守電を残されたこと。そこに追い打ちのように元カレが現れ、結婚の話を持ち出してヨリを戻そうとしてきたこと。さらに逃げるように店を出たら事故りかけたこと……それくらいだな」

「それ……最初から最後まで全部……」

「まあ、神だからな」

「過保護なのでは……」

「不運なお前専属の守り神だからな。過保護なくらいで、ちょうどいい」

しれっと答えた白狼に、絢子はソファの上で正座する。

そうして、神社の拝殿でするように、彼に向かって手を合わせた。

「うう……犬神様……白狼様……」

「……この姿でお前に拝まれるのは初めてだな。というか、なぜ突然拝む？」

ドライヤーを一旦止めて、白狼が不思議そうに尋ねた。

絢子はおずおずと説明する。

「だって、ちゃんと護ってくれてるんだなって思って……」

「実感が遅い」

「ご、ごめんなさい……あと、もう一つ。申し訳なくて……」

手を合わせたまま、絢子は項垂《うなだ》れる。

その様子を見て、白狼は不思議そうに首を傾げた。

「申し訳ないとは、何がだ？」

「せっかく運気をよくしてくれたのに、また悪くしちゃって」

絢子は小さくなって謝罪する。白狼の努力まで無駄にしてしまった、と。

だが、その発言に、白狼はキョトンとした。

「運気を悪く？　……そんなことはないぞ？」

「へ？」

今度は絢子がキョトンとした。

二人で互いに見合って、目をぱちくりさせる。

「え、私の運気、悪くなってないの……？」

「なっとらん」

「これっぽっちも？」

「これっぽっちも」

「……こんなに変なことが続いてるのに？」

「だから言っただろう。運気の変わり目には有象無象がやって来る、と」

はあ、と白狼がため息をついた。

物分かりの悪い生徒を相手にしている教師のような、疲れた顔をしている。

実際に教師がこんな顔で生徒に接したら問題になりそうだが、絢子自身、自分が物分かりが悪いことには気づいていた。しかも、運気のあれこれについては、特別、理解ができていないようだった。

「絢子よ。よいか」

申し訳ない気持ちで項垂れる絢子に、白狼は言って聞かせる。

「一段上に上がろうとする時には、足を引っ張ろうとする輩《やから》が現れたり、心をくじこうとする嫌な事象が起きるものなのだ」

「……なんで？」

「それは、お前に上に行かれたくないからだろうな」

「上に……？」

絢子は思わず天井を見た。

違う、と白狼に遠い目をされる。

「蜘蛛《くも》の糸、という話が人間の間ではよく知られているようだな」

「ええと……教科書とかに載ってる、小説の？」

「ああ、それだ。ここで話の筋自体に触れるつもりはないのだが――蜘蛛の糸を伝って地獄から天国に行こうとする者に、他の地獄にいた者たちが我も我もとしがみついてくるような場面があるだろう？」

「うん……っていうか、白狼、物知りだよね。人間の世界のこと、よく知ってるなって思う」

「まあな」

ふふん、と白狼が胸を張る。

話の腰を折るようなものでも、褒め言葉はすべて素直に受け取るのが犬神様の流儀らしい。

「で、お前に起きていることは、つまりそういうことだ」

「……私が天国に行こうとしてるから、足を引っ張る人が現れた？」

「天国はたとえだが、上昇してゆく者は目立つからな。ああ、『喬木《きょうぼく》は風に折らる』みたいな言葉も近いかもしれないな」

「きょうぼく……？」

「背が高く伸びた木は風をより多く受け、その害に遭いやすい、という意味だ」

「じゃあ、運気はよくなってる……？」

「俺がこうして傍にいて、悪くなるわけがない」

「……でも、さっきは辛かったです」

絢子は先ほどのことを思い出す。

運気がよくなっているとは思えないような出来事だった。心の中も、まるで真夏に猛威を振るっていた台風が戻ってきたような荒れ様だった。

ぽん、と白狼が絢子の頭に手を載せた。

そして、言い聞かせるように穏やかな口調で語る。

「幸せになる前は辛いことが起きやすいのだ。そこから一歩前に進んだ時に、〝辛さ〟は幸せと成る」

「絶対に……？」

「いや。それは運によるな」

「えぇ……」

白狼の答えに、絢子の口から変な声が出た。

「そこは『絶対』って答える流れなんじゃ……？」

「絶対に幸せになれる保証なんていうものは存在しない。それは神でさえ、どうしてやることもできない領域の話だ」

「そっか……神様でも……」

「だが、幸せになれる可能性はある。運を上げる方法はある」

バッと絢子は身を乗り出した。

白狼に詰め寄るようにして尋ねる。

「運を上げる方法……そ、それは？」

「お前はもう知っているだろう」

「うん？」

「心がけ次第ってことだ……さて、とっとと髪を乾かすぞ。ああ、そうだ。心がけの中でも、一つ大事なことを言っておこう」

「なに？」

「変な男には引っかかるんじゃないぞ」

ぶおー、と再びドライヤーが温風を吐き出す。

正面から顔にその風を浴びて、絢子は「わぷっ」と思わず開きかけた口を閉じた。煩悩《ぼんのう》や懊悩《おうのう》が、その風で背後に吹き飛ばされるようだ。

白狼の手が、指が、風を孕《はら》んだ絢子の髪を正面から梳かす。

その心地よさに、絢子は大人しく目を閉じた。

「白狼」

「なんだ?」

「あのね……私、前に進みたい」

「ふむ」

「もっと、もっと、今よりも幸せになりたい……それでね、決めた」

ドライヤーの音が消える。

絢子は、そっと目を開けた。

先ほどまで濡れていた髪は、もう、ふわりと乾いている。

絡んできた厄を洗い清め、祓い切り、白狼の神気を纏ったからか。絢子の髪は、美しい艶を宿して輝いていた。

その具合を確かめるように触れ、白狼は満足げに頷く。

同時に、すん、と鼻先を寄せてきた。

「……ふむ。もう臭わんな」

「あ、あの、匂いを確認されるのは、ちょっと恥ずかしいんですけど……」

白狼は人ではない。

そう分かっていても、こうして触れるほどに顔を寄せられれば絢子は硬直してしまう。白狼はというと、絢子に言われてようやく気づいたようだった。申し訳なさそうに身を離す。

「ああ、すまん……だが、もうあの男のニオイはない」

白狼にそう言われて、絢子はホッとした。

どうやら、しっかりと禊は済んだようだ。もう、自分に絡みつく過去の縁はなくなった――。

「というわけで、『決めた』のだろう？　手伝うぞ」

「……まだ何も言ってないのに」

「お前のそのやる気に満ちた目を見ていれば、何となく分かる」

白狼が口の端を上げた。

絢子もそれにつられるようにして同じように笑う。

「白狼は、何だかんだで面倒見がいいよね」

「面倒の見甲斐がある奴を担当しているからな」

光栄な言葉だ、と絢子は思う。

そして、それを噛みしめ、改めて犬神様に頼むのだった。

「……じゃあ、どうぞ、よろしくお願いします！」

第五章

幸運への禊

あの雨の日から数日後。

十月も残りわずかとなり、大粒の雨が嘘だったように空気は乾いている。


すっかり晴れた空の下、絢子は、晴彦の洋食屋へと向かっていた。

あの日についての謝罪、そして御礼をするためだ。

ランチの繁忙時間が終わる間際、人の少なくなった時間を狙っていく。カラン、と扉のベルを鳴らして中を覗けば、最後の客が会計を済ませていたところだった。ちょうどいいタイミングだったようだ。

その客と入れ違いで絢子は店へと入る。

「いらっしゃいませー……あ、雨宮さん！」

絢子の顔を見るなり、晴彦がパッと笑顔になった。

カウンターの中にいた彼に、絢子は「どうも」と会釈をする。

するると、晴彦はわざわざカウンターから出てきてくれた。

「ああ、よかったです……また来てくれて……」

「ご心配をおかけして、すみませんでした。真木さんもお店も、全然関係ないことだったのに……」

「いえ、雨宮さんが謝ることじゃないですよ。あれは、その、あの人が、なんというか——」

「すみません、元カレだったんです」

ハッキリと口にした絢子に、晴彦が目を瞬いた。

その様子に、絢子は頭を下げる。

「気も遣わせてしまって、重ねてすみません」

「い、いえ……あの、実は、あの人が雨宮さんの恋人だったって言ってたの、ちょっと嘘なんじゃないかって思ってたんですよね」

「見る目ないですよね、私」

絢子の発言に、晴彦は一瞬考え込んだ。

「ええと…………——はい。そう思いました」

言って、晴彦は苦笑した。

それから真面目な顔になって、絢子に告げる。

「実は、あの元カレさん、出禁にするかって親父と話してたんです」

「出禁！」

「雨宮さんが来なくなったら、俺も親父も嫌ですから」

晴彦が優しく微笑んだ。

厨房にいた彼の父も、笑みを投げかけてくれる。

絢子は、そういう風に思ってもらえることが嬉しかった。想ってもらえていると分かったことも……。

「ありがとうございます。あの、私、また普通に来るので」

「よかった。あ、でも、あの人まだ来るかも……」

晴彦が心配そうに言った。

彼の父も「ストーカーとかになってない？」と心配してくれていた。

だが、絢子はふるふると首を横に振る。

「大丈夫です。どうにかしますので」

「どうにかって、危なくないですか……？　だって、見ていた感じですけど、雨宮さん、あの人のこと別にまだ好きとかじゃないですよね？」

「全然好きじゃないですね。むしろこの前ので、より嫌いになりました」

誰に聞かれても、何度己に確かめても、絢子の答えは同じだった。

元カレのことが本当に嫌いだった。

「……あ、あのっ、もし危険を感じたら、ちゃんと相談してくださいね！　警察とか、僕でもいいですし！　この前は状況を測りかねて何も手出しできませんでしたが、雨宮さんが好きでもない相手なら、何の遠慮もすることないので」

「ありがとうございます。でも、今回はたぶん大丈夫なので……友達が協力してくれると」

「お友達？」

はい、と絢子は頷く。

「実は今日、ここにも一緒に――」

と、その時、カラン、と来客を告げる扉のベルが鳴る。

晴彦の顔つきが険しくなった。

その様子に、ああ来たな、と絢子も表情を引き締めて背後を振り返った。

「あー、ラッキー！　なんか今日は絢子がいる気がしたんだよな」

店に入ってきたのは、元カレだった。

絢子を見るなり、にやにやしながら近づいてくる。

確かにこの男、顔はそこそこいい。

だが、人相がよくない。

生き方が顔に出るとは言うが、確かに元カレの顔には出ているようだった。

『あばたもえくぼ』とはよく言ったものだ、と絢子はその軽薄な顔を見て思う。

先日は荒れ狂う海のようだった心の中は、もはや無風ですっかり凪《な》いでいた。今なら笹船でも沈ませることなく浮かべられそうだ。

「こんにちは、京一《きょういち》さん」

絢子は元カレの名を口にした。

元カレ——香山京一は、ぱちくり、と目を瞬く。

「おっ、おう。なんかお前に名前を呼ばれるの、久しぶりだな」

「うん。気にせず口にできるようになったから」

絢子の言葉に、京一は「ん？」と首を傾げた。

だが、次の瞬間には、どうでもよくなったらしい。

「この前の話、考えてくれたか？」

「ここ、お店だけど？」

絢子が静かに伝えると、京一は「あー……」と面倒くさそうに唸《うな》った。

「……席についてならいいか？」

「お店に迷惑かけないなら」

「分かったよ」

　京一の返事を聞いて、絢子は一人カウンターへと近づき晴彦に告げる。

「真木さん、一番奥の席、いいですか？　あそこだったら話し声も他のお客さんにまで届かないと思いますし、ランチをいただいたらすぐ出ます」

　店の奥の席は、飲み会や会議などで貸し切られることもあるスペースだ。

　元々は喫煙席として区切っていたため、透明な間仕切りがある。そのため中の様子は見えこそすれど、会話の声は他の席までほとんど届かない。カウンターにも耳を澄ませている者がいない限り内容が把握されない距離だ。

「それはいいですけど……本当に大丈夫ですか？」

「お店には迷惑をかけないようにするので」

「いえ、うちはいいんですけど……無理しないで。危なそうだったらすぐに割って入るし、警察も呼ぶから、合図してくださいね」

　晴彦だけじゃなく、厨房にいた彼の父も「任せろ」というようにフライパンを握っていた。あれは武器になってしまうやつだ、と絢子は苦笑する。

　だが、この場に自分の味方でいてくれる人たちがいることが心強かった。やはり、アウェイでよりも、ホームでの方が闘いやすい。

「はい。ありがとうございます。それじゃ」

　そう言って、絢子は一番奥の席へ、京一と共に向かった。

晴彦が水とメニューを運んできてくれる。それを京一に見せて、絢子は尋ねる。

「何がいいですかね？」

「俺は何でもいいから選んでくれる？」

「はあ、分かりました」

「っつーか、その他人行儀な口調は何なんだよ？」

絢子はメニューを眺めながら京一の話を聞く。

私はハンバーグランチ、もう一つはステーキランチでいいだろうか。ああ、特上ステーキというのがあるから、これがいいかもしれない……。

「なあ、聞いてる？」

「聞いてますよ。でも、他人ですから、口調のことをどうこう言われても」

「いや、だからその他人ってやつ――」

「すみません、注文いいですか？」

絢子は間仕切りから顔を出して、カウンターの晴彦に声をかけた。

父から渡されたフライパンを握っていたらしい彼は、加勢するタイミングを窺っていたのか、それをそっとカウンターの中に隠して注文を取りに来る。

……武器を確保するほど、本当に心配してくれているらしい。

これは自分次第でだいぶ物騒なことになってしまいそうだ、と絢子は気を引き締めた。晴彦やお店には絶対に迷惑をかけない、と改めて心に誓う。

「ハンバーグランチと、特上ステーキランチ、ライス大盛りで」

「え？　俺、ステーキはアリだけど、別に飯の大盛りとかいらねーよ？」

「お願いします」

京一の言葉は無視して、絢子は晴彦に注文を通した。

晴彦も不思議そうな顔をしたが、何も言わずに「では少々お待ちください」と言ってカウンターに戻っていく。

「――で、この前の話でしたね」

「あ、ああ。そうそう、ヨリを戻さないかっていう」

「で、結婚を、と」

「そうそう」

「なんで？」

絢子が尋ねると、京一はぴくっと一瞬、固まった。

その様子を絢子は静かに眺める。まるで道端で見かけた虫や動物の挙動をじっと観察するように。

「それは……お前が結婚したいって言ってたから」

「でも、一度断りましたよね。しかも別れた」

「あ、あれは急でビックリしたんだよ……お前、そんな素振り見せてなかったし」

「ふうん。なるほど、別れたのは、私のせいですか」

「いや、そういうことを言ってるわけじゃ……でも、結婚の話って、重いじゃん？」

「重いから投げ出した、と」

「悪かったと思ってるよ。でも、こっちにも事情が」

「事情って、どんな？」

絢子は知っている。

京一は直情的な男だ。思ったら、考えなしにすぐに行動する癖がある。

だから、嘘をつくのも下手なのに、黙っていられず答えてしまう。

……その嘘でも言い渋る時は、本当にやましいことがあるのだ。

「どんな事情があったんですか？　私が結婚の話を切り出したら、別れることになった事情……ああ、ヨリを戻そうって思って、わざわざ探しに来た事情も教えて欲しいですね」

「それは……」

「教えてくれますか？」

絢子は、ちら、と手元の時計を見た。

ハンバーグとステーキが焼き上がって運ばれてくるまでに、この店だと十分もかからない。長引けば長引くほど、焼き立ての肉が冷めてしまう……。
頃合いかな、と絢子は窓の外に目をやる。
「じ、事情とか、どうでもいいだろ」
京一が開き直ったように言った。
「お前が結婚したいっつってたから、結婚してやるって言ってるんだ」
本当に開き直っていた。
というか、ちょっと逆ギレしている。
……結婚したいと思っている相手に向ける態度ではない。
絢子は窓の外の様子に目を向けながら、さて何と返したものか、と考えた。このまま
あと十数秒を待っていてもいいが、ちょっと言い返してやりたい、と……。
だが、考えた結果、それは不毛だな、と絢子は思った。
言葉で殴り合うみたいなものだ。殴れば、また殴られる。どちらかが止めるか離れ
れば、今ならまだ止まる。だが、エスカレートすれば、どうあっても止まらなくなる
厄介な状態になってしまう。
だから、京一を刺激せずに、諦めさせる言葉だけあればいい。
……今日は、それを用意してきたのだから。
「あのですね、京一さん」

「あ？　ああ」

「私、結婚するんですよ」

ぽかん、と京一が口を開けたまま固まった。

やはりそんなことは微塵《みじん》も思っていなかったらしい。まあ、そうだろうな、と絢子は内心で苦笑した。

……そもそも、これは嘘である。

そして、京一がそう考えることも、絢子には分かっていた。絢子のことを舐め切っているからだ。

「はぁ⁉　結婚するって⁉　お前が⁉」

だから京一がそう大声で叫んでも、特に驚きはしなかった。だが、他の席には聞こえちゃったかも……と絢子が心配したその時、

ガチャン

カウンターの中で皿が盛大に割れる音がした。

晴彦の「し、失礼しました！」と慌てる声が店内に響く。カウンターの晴彦には聞こえたようだ。

しまった、京一の大声でびっくりさせちゃったかも……そう絢子が心配していると、

「いや、いやいやお前、そんな分かりやすい嘘を……」

正面で、京一が皿の破砕音によって我に返っていた。

カウンターに向けていた視線を、絢子は目の前の京一に戻す。

「……嘘なら何か問題でも？　というか、嘘じゃないんですけど」

「だったら、その結婚相手とやらは一体どこのどいつだよ。カウンターのあいつじゃないだろ――」

「ここの、俺ですよ」

ぬっ、と現れた大きな人影に、京一は「ひっ」と驚いて椅子をガタつかせた。

現れたのは、一人の大柄な男性だった。

黒髪はサッパリと短く日本人然としているが、くっきりとした目鼻立ちの美しい顔は日本人離れしていた。身につけたシャツには清潔感があるが、やたらとガタイがいいのは隠せていない。

大柄な美しい男性は、京一を見て目を細めた。

「初めまして。真神白郎《まかみはくろう》と申します」

絢子たちの座った席を見下ろしながら、その男性――白狼はにっこり微笑んだ。

幸せになりたい。

京一と再会して雨に打たれ、白狼に禊がれたあの日、絢子はそう思った。

そのためにも過去の不要な縁をきちんと切りたいと考えたところ、白狼が手伝うと言ってくれたので、力を借りることにしたのだ。

……その結果が、これである。


白狼は千年の間、下界を観察するために、いくどとなく人間に変装してきたらしい。その時代や用途に合わせて姿を変えることは、長きにわたり試行錯誤してきた彼にとっては、もはや造作もないことのようだった。

服は、銀太が調達してきてくれた。

スマホの件といい、一体、支払いはどうなっているのだろう、と絢子は相変わらず不思議でならないのだが、銀太によると盗んだりはしていないようだ。むしろ、そういった人間社会で必要となるものを寄進してくれる信者たちがいるらしい。

それは、人型の神様に会ったことがある者や、その子孫たちだという……実際に会ってしまえば敬虔《けいけん》な信者にもなろう、と白狼という神様に会った絢子自身、実感を伴って思う。

絢子は一度、家の中で白狼に変装した姿を見せてもらっていた。

何パターンかあって、さながらファッションショーのようになったのだが、その中から選んだ一番無難なものが、今日の彼の姿だ。
……だというのに、このプレッシャーである。
その表情は穏やかだが、纏っているオーラが常人のそれではない。
隠せはするようだが、白狼は敢えて普段と変わらずだだ洩《も》れの状態にしているよう
だった。そうしている理由は、絢子にも分からない。噛み殺してやりたい、と先日
言ってくれたことと関係しているのかもしれない。
絢子はもうこの気に慣れきっていた……が、京一はそうではなかった。
明らかに怯えていた。
震えていた。それが伝わって、椅子がガタガタいっている。
その様子に、絢子はスカッとするより、いっそう自分が恥ずかしくなった。
本当に、なんでこんな人を好きになって、依存して、捨てられたことに絶望したの
か……いや、もう過去のことをどうこう考えるのは終わりだ、とそこですぐに意識を
切り替えることにする。
……今日、ここで、この瞬間に全部終わるのだから。
「絢子、隣いいか？」
白狼に言われて、絢子は「どうぞ」と彼に席を勧めた。

そうして白狼は、呆然としている京一に、言った。

「どうやら誤解がおありだったようですね。絢子はもう、俺と婚約してましまして」

「こ、婚約ですか……？」

「はい」

「そ、そうですかー。すみません、てっきり絢子――絢子さんが、まだ独り身だとばかり思ったもので」

「とんとん拍子で進んでしまって。いろいろと進む時は、急に進むんですよね」

「そ、そうですね……」

「ちなみに、絢子と以前お付き合いされていたようですが、今はフリーでいらっしゃるんですか？」

「え、ええ、そうです……」

「なるほど、それで絢子に結婚の話を」

「はぁーん。じゃあ、一華と結婚しても問題ないよね？」

え、と驚いたのは京一だけだった。

ちょっと前から、絢子たちは気づいていたのだ。

蓮見一華――彼女が、京一の背後に立っていたことに。

「な、なんで一華、お前っ⁉」

「結婚の話をしてから京一が素っ気なくなったから、同僚のみんなにこの前の飲み会で話を聞いたの。そうしたら、京一、雨宮さんのこと探してこの店に来てるって耳にしたから」

「え、でもなんで俺が今ここにいるって」

「便利だよねえ。ＧＰＳ」

すっ、と一華が京一の手元にあったスマホを指さした。

「は、はぁ⁉　お前、俺のスマホ勝手に弄《いじ》ったのか——」

瞬間、一華が京一の顔を片手でガッと掴んだ。

そのあまりの迫力と容赦のない手際に、正面で見ていた絢子もびくっと硬直する。

「ねえ、京一？　怒っていいのは一華の方じゃないのかなぁ？」

「ふ、ふぐ、ぐ……」

うんうん、と京一は必死に頷こうとしているようだった。

だが、一華の手が頬を両側から掴んでいるため、声も出なければ首も縦に振れないらしい。

「そうだよね。怒っていいのは、真面目に結婚の話をしたらなぜか彼氏が元カノのところに浮気をしにいってて、その現場を目撃してしまった一華だよ……あと、雨宮さんもね」

一華が、絢子を見た。

申し訳なさそうな表情をしている。

「ごめんなさい、あたし、雨宮さんのこと誤解してました」

「誤解、ですか？」

目の前で頬を掴まれたままの京一を見ないようにしつつ、絢子は一華に尋ねる。

「……あたし、雨宮さんが、京一の浮気相手だって思ってたんです」

ああ、と絢子は理解した。

別れる直前、京一に浮気相手がいるのは何となく気づいていた。だから焦って、結婚を、なんて言ってしまったのもある。

だが相手のことは分からないままだった。

どうやらそれが、一華だったらしい。

そして一華は、当時、絢子が京一と付き合っていたことを知っていたようだ。絢子は会社で京一との関係を隠していたので、恐らく、一華が彼のスマホを覗いたりして知ったのだろう。

「雨宮さんがこいつに結婚の話を切り出したら振られた、って噂を聞いて、やっぱりあたしが本命なんだ！　って思ってたんだけど。いろいろ改めて社内で話を聞いてみたらさ。浮気相手、どうもあたしの方だったんだよね……ね、京一？」

うぐ、と頬を掴まれた京一が呻き声を上げる。

他にお客さんがいなくてよかった、と絢子は思った。酷い光景である。

「普通に考えれば、入社したの、あたしの方が遅かったんだから、先に出会ってた二人の方が、先に付き合ってるのは自然だったんだよね……でも、恋は盲目ってやつかな。普通に頭回らなかった。ごめんなさい。先月ここで失礼なことを言ったのも、謝ります」

すみませんでした、と一華は頭を下げて謝った。

同時に頬を掴んでいた京一にも、強制的に頭を下げさせていた。

「じゃあ、こいつ、連れていきますね。ちょっと激しい別れ話をしようと思うので」

「え、蓮見さんも？」

「はい。あたしも、この女関係だらしない男とはもう別れます」

行くよ、と言って、一華は京一の顔から手を離した。

京一は信じられない暴行を受けたという怯えた目で、一華を見て震えている。

「一華……お前……キャラいつもと違くない……？」

「はい？　浮気男サン、何か言った？」

「……いえ何も」

「あと、こちらの支払い、ちゃんとして」

京一は一華に言われるがまま財布からお金を出して、テーブルに置いた。

五千円。

特上ステーキのランチを頼んだにしてもちょっと多いな、と絢子が思っていると、一華が「貰ってください。要らなければ募金箱へでも」と言って、そのまま京一を連れて席を離れてしまった。

カラン、とベルを鳴らして店の扉を開け、一華は京一と共に店を出ようとする。

と、そこで一華は、ふと思い出したように絢子たちの席を振り返った。

ダッシュで戻ってくる。

「あの、雨宮さんっ」

「は、はい?」

キョトンとする絢子。

一華は、ちょっと照れくさそうに頬を染めて言った。

「よかったら、今度一緒に飲みましょう。女二人で」

「……はい」

絢子の返事を聞き、満足そうに一華は戻っていこうとする。

と、店の入り口を見て、彼女は京一がいないことに気づいた。

「あっ、あいつ逃げた！　最低、とっ捕まえてやる！」

そんな烈火のごとき激しい怒りの声と共に、一華は店の外に飛び出していく。

　窓の外を見れば、迷うことなく走っていったので、どうやら京一のＧＰＳはまだ機能しているらしい。彼女にとっ捕まるのも、時間の問題だろう。

「さて。これで一つ解決か」

　白狼が絢子の隣で満足げに言った。

「うん。ありがとう」

「俺は座っているだけで、ほとんど何もしていなかったがな」

「ううん。一華さんのお叱りだけだったら、京一は私に逃げようとしたと思うの。だから、寄りつかないように護ってくれて助かりました」

「他の男も寄りつかなくなるかもしれんが」

「他の男……？」

　絢子が疑問に思った時だ。

　晴彦が注文したランチを運んできた。絢子が予想した時間通りである。

「ハンバーグランチと、特上ステーキランチのライス大盛り……ハンバーグは」

「あ、私です。ステーキはこちら」

　晴彦は示された通りに料理をテーブルに並べる。

と、それが終わったあと、彼はじっと白狼を見つめた。

「あ、あの、初めまして」

「こちらこそ初めまして。絢子がいろいろとお世話になっているようで」

「いえ、お世話なんていうほどのことは、特に何も」

「お話は伺っていますよ。よくしていただいていると――ああ、こちらのお弁当も、美味くて気に入ってたんです。来られてよかった」

「あ。あの雨宮さんがよく買っていくライス大盛りの弁当……」

そこまで言って晴彦は黙った。

どうしたのだろう、と絢子は様子を見ていたが、

「……いえ、何でもないです。料理、楽しんでいってください」

言って、晴彦は笑顔を残して席を離れた。

カウンターへと戻っていく後ろ姿は、どこか元気がない。何やら厨房の父からも
「そんなことでどうする。しっかりしろ」と叱られている声が、絢子たちの席にも微《かす》かに聞こえてくる。

「真木さん、どうしたんだろう？　さっきの京一とのいざこざのせいかな。あとで謝らなきゃ……」

「ふむ……いや、どうだろうな」

心配して晴彦を見ていた絢子に、白狼が考え込むように唸った。

絢子はその言葉に「うん？」と首を傾げる。

「あれ、違うの？」

「まあ、さっきの男は論外として、やはり優しいだけの男にも任せられんか……」

「……何の話？」

「あ――ああ。すてーきの話だ。これを焼いているのは、強い男のようだな。厨房を任せられるか……まあ、そういう話だ」

言われて、絢子は厨房にいる晴彦の父を思い出した。

確かに、京一がやって来た時、すぐにフライパンを取り出したあたりに武闘派の気配は感じたが……。

「……なぜそんな話を？」

「分からないなら、気にしなくていい。それよりも温かいうちに食おうか」

「あっ、そうだね、温かいうちに。白狼に、ここの出来立てを食べさせたかったんだよね……あ。白狼、ナイフとフォークは」

「使えるぞ。問題ない」

言った通り、白狼は何の問題もなく、ナイフとフォークでステーキを切り分けた。

……まるで手つきに違和感がない。

日本の神様なのに、と絢子は驚いたが、人間の家に赴き護りながら、その観察を長きにわたり続けてきた犬神様である。それに、そもそも元々が料理上手なので、小型の刃物の扱いには慣れているのだろう。

「ふむ……おお、これは美味い。焼き立てだから、肉汁が固まらず、舌の上で広がる。しかも、いつもの弁当よりいい肉だな」

「特上を選んでみました。今日手伝ってくれたことと、髪の毛もきれいにしてくれたから、その御礼」

「ふむ……今日は特に変なものはついていないようだな」

絢子の髪を見て、白狼は微笑んだ。

頬張ったステーキの味同様、状態に満足しているらしい。

……絢子は今日、こうなることが分かっていた。

晴彦とお店に〝謝罪〟し、白狼に手伝ってもらってその〝御礼〟をする。それが今日ここにやって来た目的だったのだ。

京一がここに現れたのも、偶然ではない。

白狼が彼の夢枕に立ち、今日この時間に絢子が来ることを囁いていたのだ。

だが、どう収まるのかまでは絢子も分からなかった。

だから、またも晴彦とお店に迷惑がかからないか心配だったのだが……無事に終わって、ホッとしていた。

絢子も白狼と同じように、自分の手元のハンバーグにナイフを入れた。切り開いたところから、金色に澄んだ肉汁が溢れ出す。

これを口に入れるとほろりと崩れて、ソースと混じり合い、溶け合って、頬が落ちそうになるのだ。最高だった。

「でも、白狼とこうして外でご飯が食べられるなんて……この席だと普通に会話もできるし」

「思ってもいなかったか？」

「山中のピクニックとかでもない限り、絶対に無理だと思ってました」

雨降りの日に、彼はびしょ濡れだった絢子のもとに来てくれた。

だから絢子も、彼が家から出られないわけではないとは知っていた。

……だが、こんな風に、普通の人のように日常に溶け込むことができるなんて、変装が得意だなんて、想像したこともなかった。白銀の長髪、赤い眼が彼の当たり前で、それが変えられるという可能性を考えたこともなかったのだ。

「人間だって、顔や姿くらい結構簡単に変えられるだろう？　ほら、コス……なんだったか」

「コスプレ……？」

「そうそう、それだ。まあ、長生きしていると、いろいろと知恵がつくのだよ。時間を費やすことで、できるようになったこともたくさんある」

千年。

気が遠くなるような時間だ。

確かにそれだけの時間があれば、できることも増えそうだ、と絢子は思う。その時間の長さは、まるで想像することもできないが……。

「……そういえば、白狼は最初から犬神様じゃなかったんだよね」

「ああ。最初はただの狼だった」

「銀太くんは犬って言ってたよね？　そのうち人型も取れるだろうって」

「そうだな」

「最初は、銀太くんも、普通の犬だったの？」

絢子の疑問に、白狼はステーキをもぐもぐと咀嚼《そしゃく》している。

それを呑み込むと——白狼はまたステーキを口に運んだ。

「えっ、あれ？　なんで……言えないこと？」

「温かいうちに食わせたいのではなかったのか？　とりあえず食ってからだ。そのはんばーぐも、温かいうちの方が美味いだろう」

言って、白狼は慣れた手つきでライスを口に運んだ。

……なぜ質問に答えてくれなかったのだろう？

不思議に思いつつ、絢子もハンバーグを食べることにした。

温かいうちに食べるハンバーグは、白狼が言うように確かにおいしかった。覚えた疑問も、忘れそうになるほどに――。


「――で、さっきの質問なんだけど」

食事を終えると、絢子は白狼に改めて尋ねた。

テーブルには、食後に頼んだホットコーヒーが並んでいる。白狼はコーヒーも嗜《たしな》む犬神様だった。

「ふむ……覚えていたのか」

コーヒーに口を付けて、カップをソーサーに戻しながら白狼が言う。

絢子は彼の言葉に目を眇めた。

「やっぱり言えないことだったの？」

「いや、そうではないんだ。ただ、特殊な話でな」

「特殊な話？」

「そうだ。山犬、お犬様――いずれも、狼のことを指すのは知っているな」

白狼の言葉に、絢子は思い出す。

お犬様、とは言うが、それは山犬――狼、とりわけニホンオオカミのことを指すのだと、月芳神社を参拝する際に知った。

いわゆるペットで飼われているような犬ではないのだ、と。

「……なのだが、ごく稀に例外があってな」

「例外、ですか……」

「そうだ。ごく稀に、非常に勤勉で、お犬様になりたいという熱意があり、月芳の山に修行をしにやって来る犬の魂があってな。銀太はそれなのだ」

「はあ……なるほど。銀太くん、すごく勤勉な感じするもんね……」

「あれは並の狼よりも、よほど狼のような性質をしているからな。だいぶ特殊な犬だよ」

「銀太くんもペットだったの？　あ、プライバシーの問題に引っ掛かりそうなら聞かないけど……」

「大丈夫ですよ」

急に足元で声がして、絢子はびくっとした。

テーブルの下を覗き込めば、ちょうど話題になっていた銀太が『伏せ』の状態でそこにいた。

「僕についてご興味がおありなんですね」

「うん。今は山犬なのに、昔は犬だったっていうから……というか大丈夫……？」

絢子は慌てて周囲を確認する。

ランチの時間は終わって、他にお客さんはいない。晴彦の位置からも見えないわけではないと思うのだが、銀太には気づいていないようだ。

「僕の姿は、白狼様と絢子様にしか見えていませんよ」

「あ、そうなんだ」

「山犬とは基本的にはそういうものです。見えていて、実体まで顕現できる、白狼様のような高位の犬神が特別なのですよ」

「な、なるほど……」

そんな高位の犬神様が、自分の隣に座ってランチを食べていた。

……考えれば考えるほど、とんでもないことだな、と絢子は思う。変な汗が出てしまいそうになる。

「さて、僕の話になり恐れ入りますが……僕は飼い犬でした。あれは確か――昭和十年頃です」

「しょ、昭和……？」

数代前の年号が出てきて、絢子はやはり銀太が普通の犬ではないと理解する。

そもそも、こうして会話ができたり、瞬間移動したり、他の人に見えない時点で普通の犬ではないのだが。

「可愛がってくれたご主人が亡くなってしまったんですけど、僕は死を理解できず、預けられた家から脱走しては、ご主人の姿を探して、駅の周辺をよく歩き回っていました。十年くらいの時間、ずっとそうしていたでしょうか……結局、歩き回っている間に僕も力尽きてしまったんですが……その十年の間にたくさんの人間と出会って、僕は人々を護る山犬になろうと決めたのです」

途中まで、どこかで耳にしたことがあるような話だった。

一体どこで……と絢子が記憶を辿っていると、白狼が隣から囁く。

「こいつは、人間の世界でも有名な犬だったのだぞ」

「え、そうなの？」

「都内のとある大きな駅舎の前には銅像が置かれている。人間たちはよく待ち合わせ場所に使っているそうだな」

「え……えええっ、まさか——あれ？　でも名前違うよね？」

とある忠犬に絢子は思い至ったのだが、符合しない。

それを銀太が説明してくれた。

「銀太、というのは、街で餌をくれていた人たちが呼んでいた名前です。見た目がこんな感じで白い秋田犬だったので、シロとかギンとかそう適当に呼ばれていたんですね。『ハチ』の名前は有名になりすぎて、耳にすると昔のことをどうしても思い出してしまう……だから、今はこの名前を使っています」

「というわけで、こいつは犬の中でも、とりわけ特別な犬なのだ」

なぜか白狼が自慢げに言った。

銀太が有名人ならぬ有名犬だったことに、絢子は驚きを隠せない。しかも、超がつくほど有名だった。

「……あれ？」

と、そこで絢子は気づいた。

「ってことは、修行しても、お犬様になれない犬もいるってこと？」

日本犬は、遺伝的に狼に近い、と絢子はどこかで聞いたことがある。

中でも、柴犬と秋田犬は、特に狼と遺伝的に近いらしい。

そして銀太は秋田犬――遺伝的にも体格的にも狼に近く、お犬様になる素質は他の犬よりもあったことだろう。

絢子の疑問に、白狼は「ああ」と答えた。

「向き不向きもあって、努力だけでは、どうにもならぬこともあるな……だが、山犬にはなれぬと分かっていてなお、特定の人間の守護をしたいという気持ちで修行を続ける犬もいるぞ」

「へえ、すごい子がいるんだね……でも特定の人間って？」

「生前、可愛がってくれた飼い主などだろうな」

尊いことを口にしているように、白狼は目を細めながら言った。

……ふと。

絢子の脳裏を過る一匹の犬がいた。

狼とは似ても似つかない小型犬。

一生懸命に家の番をしようとしていたが、「番犬にはなれないよ」と家族に笑われていた小さな犬……。

「絢子よ。そういえば、お前、実家から留守電にメッセージが残されていたな」

唐突な白狼からの話題に、絢子は目を瞬く。

一瞬、何の話か分からなかったのだ。

「あー……うん。なんか、結婚の話だったみたいだから、途中で聞くの止めちゃって、そのまま……」

「聞いてみたらどうだ？」

「ええ？　なんで？」

「聞いてみたらどうでしょう？」

「……なんで銀太くんまで？」

白狼だけでなく、足元に伏せで待機している銀太までも促してきた。

隣と下から、じっと見つめられる。

絢子は困惑しながら、渋々とスマホを手に取った。

「……気が重いなぁ」

「聞くだけだ。嫌な話だったなら、その瞬間に忘れればいいだろう」

「そんなに器用じゃないよ……んんー……はい」

唸りながら、絢子はスマホを操作して、留守電のメッセージを再生する。

そうして耳に当てて、その内容を聞いた。

『絢子？　最近連絡ないけど元気なの？　こっちはお父さんと二人、相変わらずなんだけど……そういえば、あんたの結婚についての話なんだけどね――』

……そう、絢子もここまでは聞いた。

しかし結婚についての話というくだりを聞いた瞬間、これ以上は聞く意味がない、聞けば嫌な気分になると思って再生を止めてしまったのだ。

だが、今回は犬神様たちに勧められて、改めての再生だ。

途中で止めずに、聞き続ける。

『――もう気にしなくていいから、時々、顔を見せにいらっしゃい』

「え？」

絢子は思わず声を上げた。

……今、なんて？

『実はこの前ね――』

と、そこで留守電が切れた。

留守電に残せる伝言は二十秒以内。そのせいだ。

ともすれば母は、切れたことに気づかないまま喋っていたかもしれない。その後に電話がかかってこなかったことから、可能性が高い。

「ええ……どうしよう……『この前』が、何なの……」

スマホの画面を絢子は睨《にら》む。

知りたい。けど、藪蛇《やぶへび》になっても困る。でも――。

「訊いてみればいい」

悩む絢子に、白狼が言った。

留守電を聞くのを勧めたのと同じような軽い口調に、絢子は眉を顰《ひそ》める。

「電話をかけて？」

「ああ。電話をかけて」

「……もうかなり連絡してないんだよ？」

「それでもお前の母親はかけてきたではないか」

確かに、と絢子は反論できなくなる。

両親ともに、別に世間で忌み嫌われるような毒親というわけでもない。

電話をかけると結婚の話になる……ただその一点が嫌で、絢子は疎遠になっていたのだ。

「結婚の話は、もう気にしなくていいと言われたのだろう？　ならば、特に気にせず電話してみたらいい。嫌だったら切ればいい」

「いやいや、そんな簡単に切れないでしょ」

「簡単だ。その板の画面に触れるだけでいいのだろう？」

「それは、そうだけど……」

「お前が切れなくて嫌そうにしていたら、俺が横から切ってやってもいいぞ」

「いやそれは自分で切るから――分かりました。でも、外でね」

他に客はいないが、お店の中での通話は迷惑になる。絢子は会計を済ませて、店を出ることにした。

白狼は「御馳走さまでした」と言って、銀太を伴い、先に外へ。

絢子は一人、レジへと向かう。

と、レジを打ち終えた晴彦が、ちょっと遠慮がちに尋ねてきた。

「雨宮さん、ご結婚されるんですか？」

「ああ、さっきの話、聞こえてましたか」

「す、すみません、また盗み聞きのようなことを……先ほどの元カレの人が叫んだ時に聞こえてしまって……」

謝罪する晴彦に、絢子は「いえいえ」と苦笑した。

そもそも店であのような目立つ話をする方が悪いのだ。聞くな、気にするな、という方が無理だろう、と絢子の方が申し訳なかった。というわけで、御釣りは今日の迷惑料ということで、お店の募金箱に入れさせてもらう。

「結婚は……できたらいいな、って思ってますけど……でも、こういうのって縁ですしね」

「そうですよね、縁……あの、幸せになってくださいね！」

「え？　ええ。なりたいです、ね？」

なぜか晴彦に涙目で言われて、絢子は首を傾げながら店を出る。

外で待っていた白狼が、絢子の顔を見るなり、はぁ、とため息をついた。

「いくら好機が転がってきても、気づかない者もいるのだよな……」

呆れたように言う彼に、絢子は「え？」と困惑する。

なぜそんなことを……？

そう思っているうちに、白狼が歩き出した。

絢子は置いていかれないように、それに続く。銀太は、もうどこかへ瞬間移動したようだ。姿が見えない。

「うーん……」

「どうした？」

後ろを歩きながら唸る絢子に、白狼が尋ねる。

先ほどの晴彦の様子が、どうにも絢子の中で引っ掛かっていたのだ。

「あのね、真木さんに『幸せになってくださいね』って言われたんだけど……何か違和感があったんだよね。なんでそんな話になったのか」

「違和感はあって当然だろう」

説明する絢子に、白狼が肩を竦めた。

その言葉とリアクションに、絢子は「え、なんで？」と目をぱちくりさせる。

なぜ気づいていないのか、と呆れている様子を隠しもせず白狼は言った。

「あの男、お前が俺と結婚すると思っていたぞ」

「え……ええええええ⁉」

言われて、絢子は思わず叫んだ。

先ほどの晴彦とのやり取りを思い出す。

『ご結婚されるんですか？』と訊かれた。

『幸せになってくださいね！』と言われた。

……完全に誤解されていた。

「い、いや、あれは京一とヨリを戻さないための嘘だし……いやでも、確かに真木さんは、京一が叫んだのを聞いただけだから……ああ〜……」

「早いうちに訂正しておいた方がいいかもしれんぞ」

くつくつ、と白狼が喉を鳴らして笑う。

「そうだよね……真木さんのところから私が既婚者だって広まったら、繋がる縁も繋がらなくなるだろうし……」

「……本当に気づかないものなのだな」

「え。何が？」

「このまま気づかなければいいのでは、と思ってしまっている俺も問題だな……はあ」

「ねえ、白狼。何の話……なんでため息？」

尋ねたが、白狼に「いや」と流されてしまった。

何やら遠い目をしている。そんな彼の表情を見て、絢子は眉根を寄せた。

「いや、って何……」

「それよりも、実家に電話をかけるために店を出てきたのではないのか？　……どれ、あの公園にでも落ち着くとするか」

白狼の示した先に、小さな公園があった。

いくつか並んでいたベンチ、その一つに二人で並んで座る。

「はあ……白狼と公園のベンチに一緒に座る日が来るなんて……」

「さっきの店でも同じようなことを言っていたな。ほら、かけるなら早くしろ」

微かに感動していた絢子は、そう白狼にせっつかれてしまった。

余韻も何もない……と思いながら、スマホを取り出す。

画面に表示された、実家からの不在着信履歴。深呼吸をして――それを選び、かけ直す。

呼び出し音が、鳴る。

一回……二回……三回……。

出ないんじゃないかな、と絢子が思った時だった。

『はい』

母が出た。

『絢子？』

懐かしい声に、一瞬、絢子の喉で言葉が詰まった。

「あ……うん。そう……です」

『ああ、よかった！　あんた留守電に残したのに、全然、連絡を寄こさないんだから』

「ご、ごめんなさい……」

『元気なの？』

「うん……そうだね。前よりずっといいよ」

『あら。でも本当ね、声が明るいじゃない』

「転職したよ」

『……あのねえ。そういうのは、もっと早く知らせることじゃない？』

「う、うん……あと」

『あと？　他にも何かあったの？』

「その…………彼氏と別れました」

『あらそう。やっぱりそうだったのね』

え、と絢子は母の言葉に引っ掛かりを覚えた。

転職話と比べて、反応が随分と薄い。それに……。

「……ねえ、お母さん。『やっぱり』って、何？」

『え？　留守電、聞いてなかった？』

「聞くも何も、途中で切れてたよ」

『あらーそうだったの。悪かったわね』

「いいですけど……で、留守電に何て入れたの？」

『あんた、レオのこと覚えてる？』

「そりゃあ、もちろん……」

〝レオ〟は、絢子が子供の頃、実家で飼っていた小型犬の名だ。

一生懸命に家の番をしようとしていた、絢子が可愛がっていた、あの小さな犬の名である。

レオ——小さくてもライオンのような立派な犬になるように。

子供だった絢子があれこれ意味を考えて付けた名前だ。

忘れるわけがない。

亡くなってもう十五年が経とうとしているが、それでも、忘れたことなんてない。

「……なんで、レオの話なんか」

『それが、あの子、夢枕に立ったのよ』

電話口で、母が興奮気味に言った。

現実的な母の珍しいそんな言葉に、絢子は戸惑いながら詳細を尋ねる。

「夢枕……？　どんな風に……？」

『なんか、山奥の森みたいなところにあの子がいてね。あら懐かしい、と思ってたら、あの子、喋ったのよ』

「な、なんて言ってたの……？」

『あんたに、もう結婚の話はしないでやってくれ、って』

母の話に、絢子の中で何かが繋がりかける。

何だろう……山奥の森の中……亡くなった実家の愛犬……。

「……レオ、他には何か言ってなかった？」

絢子が尋ねると、母は『そうねぇ……』と言って、わずかに黙り込んだ。

思い出そうとしてくれているようだ。

『確か……絢子と連絡をちゃんと取って、家族みんな仲良くしてってって——ああ、あと、変なことを言ってたね』

「変なこと？」

『修行してるんだって。いつか、あんたを守護するためにらしいわ……でも、今は力不足だから、偉い人に代わりを頼んでおいたんだって』

さあっ、と風が吹いた。

絢子の髪が、ふわりと頬を撫でるように舞う。

風に促されるように隣を見れば、白狼が微笑んでいた。

……ずっと不思議だったのだ。

どうして、白狼のような犬神様が自分のもとへ来てくれたのか。

　白狼は、以前説明してくれた。

『お前の運気が酷すぎるので、特別に山犬たちの群れの総代である俺が、こうして直々に出向いてやったのだ。並の山犬には荷が重すぎるのでな』と……。

　だが、絢子は完全には納得できずにいたのだ。

『変わりたい』というやる気に似た願いを抱えて、白狼の手が届く範囲にいたのが、自分だけだった……それでは、もう既に幸運だったと言える。不運だなんて言えないだろう。

　だから、説明を受けた後も、絢子は考え続けていた。

　何か、自分のもとに白狼がやって来た理由があるはずだ、と。

　でも——繋がった。

　雨宮家の愛犬だったレオが、白狼に口利きしてくれたのだ。

「……そっか。レオ、そんなことしてくれてたんだ」

『たまにはこっちに帰ってきて、お墓に手を合わせたら』

「うん。そうする」

『ああ、あと、彼氏と別れたらしいし、結婚の話はもういいって言ったけど』

　母の言葉に、絢子は瞬時に身構える。

　これはやっぱり、何だかんだでよくないって話になるんじゃ——。

『いい人が見つかったら連れてきなさいね』

――肩透かしで、構えていた絢子は呆然とした。

返事をするのが一拍遅れる。

その一拍で〝いい人〟に当たる誰かを考えて――気づけば隣を見ていた。

「……うん。分かった」

じゃあね、またね、と互いに言って、絢子は電話を切る。

それから隣に座って待っていてくれた白狼に「ねえ」と声をかけた。

「頼まれたの？　うちのレオに」

「そうだ」

白狼は隠す素振りもなく、あっさりと答えた。

「……もっと答えを渋られるかと思った」

「なぜ渋ると？」

「教えてくれなかったから」

「訊かれなかったから言わなかっただけだ」

それはちょっと不親切では……と絢子は唇を尖らせた。

だが、一旦その不満は横に置く。

もっと大事なことを、白狼に訊かねばならないからだ。

「あの……レオとはどのようなご関係で？」

「レオは修行のために、俺の群れに入った。群れの総代は俺、つまりお前の愛犬は俺の弟子みたいなものだな。ああ、修行の理由は、お前が先ほど母親から聞かされた通りだ」

「いつか私を守護するために？」

「そうだ。だが、修行を終える前にお前はひどく不運な状態になってしまった。それを助けに行きたい、とあいつは言い張ってな。しかし、あいつでは圧倒的に力不足、並の山犬にも荷が重すぎる……だから、俺が来たのだ」

「……前に銀太くんが食材を届けてくれた時、白狼が私の様子を教えてやってくれって言ってた〝あいつ〟っていうのも、やっぱり……」

「そうだ。お前の愛犬のレオだ」

そうだったんだ、と絢子はようやく納得した。

あの子のおかげだったんだ。

子供の頃、絢子の心を癒し、護ってくれていた、あの子の……。

「群れの山犬たちの話だと、お前のことが気になってはキャンキャン喚いて大変だったらしい」

……ああ、と絢子は思わず苦笑する。

レオの様子が、絢子には容易に想像できた。

不安になると、すぐにキャンキャン吠える子だったのだ。

うるさい、と叱られようとも、家族の安否が確認できない限り吠え続けていた。実家が田舎という環境だったため許されていたが、たとえ山奥であっても一緒に過ごしている者たちには騒音でしかないだろう。

「というか、山犬たちには暴走せぬよう見張っておくように言っておいたのだが、結局、お前の母親の枕元まで行ってしまったようだな」

「無駄吠えの件といい、他の山犬の皆さんには、本当にうちの子がご迷惑をおかけして申し訳ないです……」

「いや、まあ、よいのだ。山犬たちにとっての修行にもなるからな。修行の浅い犬一匹を止められぬようでは、まだまだ奴らも足りぬわ」

「というか、白狼も……うちの子の我がままで、私のところに来てくれたようなものだよね……偉い神様なのに……ごめんなさい」

「俺のことも構うな。お前の傍にいるのは嫌いじゃないしな」

「それ、本当……?」

「ああ。レオからお前が素直でいい人間だとは聞いていたが、その通りだったしな。それに、お前は運気が上がった時の成果が分かりやすい」

「結構、上がってる……よね？」

「実感はあるだろう？」

目を細めた白狼に「うん」と絢子は頷いた。

こうして躊躇うことなく首を縦に振れたことが、実感している証拠だ。

夏の盛りの夜、空き巣に襲われたあの時と、今。

比べるまでもなく、いい方向へと変わったことが山ほどある。

あの時は、こんな風に変わっているなんて、想像することすら叶わなかったというのに……。

「結構、変われるものなんだね」

きっと一人では無理だっただろう。

きっかけがなければ、動けなかっただろう。

白狼との出会いがあったから、絢子は変われたのだ。

白狼がお尻を叩いてくれたから、過去に別れを告げて、前に向かって進むことができるようになった。

そう思えるようになった今の自分は、きっと幸運だろう。

「……諦めなくてよかった」

一度、空き巣に首を絞められそうになった時、人生を諦めかけた。

三十歳手前で死にかけて、不運だな、で終わらせてしまいそうになっていた。

……でも、生きていてよかった、と今の絢子は思う。

だって、いま見ている景色は、あそこで終わっていたら見られなかったのだから。

いま感じている感情も、知ることはなかったのだから……。

エピローグ

犬神様のお気に召すまま

気づけば十二月になっていた。

在宅勤務のおかげもあって例年より寒風に晒《さら》されることは少ないが、ともすれば日光不足になってしまう。

そんなわけで、絢子は定期的に晴彦の洋食屋に行っているのだった。

近頃は時節柄のクリスマスツリーも、店の窓際に飾られるようになっていた。

ちなみに、絢子が白狼と結婚する云々の話は、あれから早々に訂正してある。

晴彦になんだかすごくホッとした顔をされたが、なぜそんな反応を……と絢子は首を傾げるばかりだった。結局、その理由は分からないまま現在に至る。厨房にいる彼の父だけが「晴彦はまだまだだな」と何かを知っているように苦笑していた。

「雨宮さんの前の会社、潰れたらしいですね」

クリスマスが近づくその日、絢子が例の如くハンバーグランチを食べていると、晴彦がそんな世間話を振ってきた。

特に連絡を取り合うような社員はいなかったので、絢子は初耳だった。

「うちに来るお客さんに、あそこの会社の人が結構いるんですよ。社員さんたちも結構、急に知ることになったみたい……まあ、年末と年度末にはわりとある話なんですけどね」

「へえ、そうなんですか」

思いのほか無味乾燥な言葉が出てきて、絢子は若干、自分に驚いた。

ハンバーグおいしい、という気持ちの方が、自分の中で圧倒的に強かったのだ。

それを意外と思ったのは、晴彦もだったようだ。

「この話は興味なさそうですね」

「あっ、いえ、ハンバーグおいしい、って思ってて……」

「でも、ハンバーグの方が重要ってことでしょう？　それってもう興味ないってことじゃないかな」

「……そうかもしれません」

手元でいい匂いをさせているハンバーグに目を落とし、絢子は頷く。

確かに、そうなのかもしれない。

目の前のハンバーグの方が、ずっと大事だと――もう、前の会社は、過去の一部になってしまったのだと――口にすることに、あまり抵抗もなくなっている。

「あっ、私の今の会社は大丈夫そうですか？　ここで訊いていいのかって話ですけど……」

「今年は大変な年だったけど、この前来た社長が『今年の業績もなかなかヨシ』ってお酒飲んで満足そうに言ってたから、たぶん好調なんだと思いますよ」

ある一定ラインより酔っ払うと、社長は嘘がつけなくなるらしい。社内機密のような重要なことはさすがに漏らしたりしないが、いいことや悪いことは、他の客がいない時にざっくりとここで報告をしているようだ。

そんな風に、この洋食屋にはいろんな情報が集まってくる。

会社への出勤がほとんどない絢子にとって、ここは世間と繋がっていると感じられるありがたい場所だった。

と、その時、カラン、とベルが鳴って店の扉が開いた。

「ああーーーー！　雨宮さぁーーーーん！」

急に大声で名を呼ばれて、絢子は心臓が飛び出そうになった。

フォークからハンバーグをポロリと逃がしてしまう。だれだれ、と振り返ろうとすると、既に名を呼んだその人が隣の席に陣取っていた。

蓮見一華だった。

「会いたかった〜〜〜！」

「え……？」

「……あれ、あたしのこと、もしかして忘れてる？」

「いや、ちゃんと覚えてますけど……会いたかったって言うから、なんでかなって」

「二人で飲み会しようって言ったじゃないですかぁ！」

テンションがすごく高い。

あ、あたしもハンバーグランチで、と注文しつつ、一華は絢子に話しかける。

「あの男と別れた時のこととか、安泰だと思ってた会社が朝出社したら倒産してたとか、先月飼ったインコが可愛くて天使すぎるって話とか、もう話したいことたくさんあったんだから！」

「あ、インコ飼ったんだ」

「そうなのーーーー」

元気だなぁ、と絢子は一華の様子に笑った。

以前だったら、こんな風に話しかけてくる人は嫌いだった。

怖かったからだ。

そして実際、前の会社での蓮見一華は怖かった。

でも、一華のことをそこまで怖くなくなったのは、絢子側がいろいろ変わったことが大きい。他人や飛び込んでくる事象を、以前ほど恐れなくなっていた。

「ねえ、雨宮さん。今日の夜、暇？」

絢子がハンバーグを食べ終えた時、一華がそう尋ねてきた。

入れ替わりに一華の前にハンバーグランチが運ばれてくる。

「今夜？　んー……たぶん？」

「あのさ、どっかで飲まない？　いや、飲もうよ！　忘年会しよう！　もう今年は忘れたいことが多くて……覚えてるのはインコの可愛さだけでいい……あ、ハンバーグおいしい」

ハンバーグでも忘れられそうだけど、と彼女の食べる様子を微笑ましく眺めて、絢子はひとまず彼女と連絡先を交換した。悪い人ではなさそうだと、何となく思ったからだ。

晴彦の洋食屋を出て、一旦、自宅のアパートへと戻り、そこで白狼に相談する。

「大丈夫だろう。行っておいで」

彼はいつもの如くソファに寝そべり、すっかり使いこなしているスマホで世界の情報を集めていた。だが、相談は適当に聞いているわけではないようだ。

「じゃあ、行ってくるね」

「こんな年の瀬の夜道だ。帰りの道中には、番犬をつけさせよう」

「銀太くん？」

「いや。今回は別のものをつける」

「おお、新しい子……どんな子だろう？」

白狼と銀太以外の山犬に会うのは初めてで、絢子はわくわくした。

その様子を見て、白狼が穏やかに微笑む。

「……今の人間の世界では、この時季は特別なものをおくってもいいようだからな」

「うん？　特別？」

「いや、何でもない。不慣れだろうから、もし何かあったら俺を呼ぶように。すぐに駆けつける」

「ん。分かった」

「あと遅くなりすぎないように」

「う、うん」

「暖かくしていきなさい」

「……白狼、時々お母さんみたいになるよね」

一瞬、白狼がスマホから顔を上げた。

……心外だ、という顔をしている。

その芳しくない反応は『お母さんみたい』と言われたことに対してのようだが、彼はそこで思い直したらしい。

「心配しているから、そうなるのだ」

ふん、と鼻を鳴らして白狼は寝返りを打った。

態度は悪いが、はっきりと断言されて、絢子も悪い気がしない。

「気をつけてな」

一華に連絡をした時間に向けて家を出る時、白狼がそう言って見送ってくれた。

……本当に心配してくれているようだ。

それが嬉しくて、絢子は軽い足取りで一華との待ち合わせ場所へと向かった。


待ち合わせ場所へ向かうと、一華が既に店を選んでくれていた。

某食レポ評価サイトによると評価は中の上程度だが、それくらいの店に当たりが多いというのが彼女の持論らしい。

ちなみに晴彦の洋食屋がそうだったので、合っていそうだ、と絢子は思った。

「そうなの――――弊社全員、まさかの無職！」

お疲れ様の乾杯をしてからすぐは、前の会社の倒産話に一華が頭を抱えた。

とりあえず退職金は貰えそうだが、代わりに冬のボーナスは期待できないらしい。

「雨宮さん、あのタイミングで辞めててよかったよ……超ついてるって」

一華は三杯目のジョッキを片手に言った。

液体の消えていく速度が速い。

確かに絢子には犬神様がついていてくれている……が、当時はそういうわけでもなかった。何がどう幸いするか分からないようだ。

会社の話から、次に自然と移ったのは絢子と一華の共通の元カレ・京一のこと。

「あいつ本当に最低な男でした……」

一華が目を据わらせて言った。

あれから、絢子と一華の他にも〝股〟が分かれていたことが判明したらしい。

その数、五。

……さすがに絢子も想定外だった。同棲までしていたのに、なぜ気づかなかったのか不思議でならない。

「私たち、見る目がないね……」

「ねー……あ、でも、雨宮さんは、あの人と結婚するんでしょ？」

「あの人？」

「京一に結婚するって紹介してた、超カッコいい人」

あー、と絢子はそこで思い出す。

晴彦にはあの後すぐに訂正したが、一華には訂正していなかったことを。

「あの人と結婚は――……どうかな」

なぜか絢子はハッキリと否定できなかった。

否定したくない、と心のどこかがストップをかけてくる。

その曖昧な返事に、一華が怪訝な顔をした。

「え、なに……まさか、あの人も京一みたいな感じだったとか？　いや、顔いいし、分からなくもないけど」

「う、ううん、そんなことはなくて」

歯切れの悪い返答をする絢子を、一華がじーっと見つめてくる。

「好きなんだよね？」

お酒の席だからか、元から彼女がそうなのか。一華は遠慮なく訊いてきた。

その白狼ともまた違った直球に、絢子は考え込む。

「好き――……」

白狼のことを思い出す。

すると、自然と胸の辺りが温かくなった。

……犬神様じゃなかったら、住む世界が同じなら。

そう考えた時点で、たぶんもう、そういう気持ちはあったのだと思う。

彼が髪を撫でてくれるのが、直球で叱ってくれるのが、親のように絢子のことを心配してくれるのが、頑張った分だけ褒めてくれるのが。

優しく、包み込むように護ってくれる彼が。

「――うん。好きだね」

大事な想いを口にして、絢子ははっきりと自覚する。

その言葉に、一華がふわっと笑顔になった。

「じゃあ、結婚するよね」

「んー……でも、なんていうか、住む世界が違うんだよね」

「何を諦めたようなことを！」

言って、一華はぐいっとジョッキを豪快に呷《あお》った。

それから「すみませーん」と店員を呼び、追加で注文する。速い。ジョッキが空くのが早い。絢子はまだサワー二杯目である。

「世の中には昔っから〝駆け落ち〟っていうロマンに満ちた結婚方法とかもあるんだから、住む世界なんてどうとでもなるよ……で、雨宮さん、何飲みます？」

「え、ええと、えーと……あ。これください」

目に入ってきた文字を思わず指さして、絢子は店員に注文した。

その注文が、一華には意外だったらしい。

「へえ、雨宮さん、日本酒とか詳しいの？」

「ううん。ちょっと気になったから」

絢子の目に入ってきたのは『狼山《ろうざん》』という銘の日本酒だった。

白狼に似た言葉を自然と見つけてしまうほどには、自分はやはり彼のことが好きらしい。

……絢子は観念したように、その事実を認めた。


お互いほろ酔いのいい状態で、絢子と一華は店を出た。

最後の方は、一華が飼ったばかりのインコの話で持ち切りだった。

スマホに入っていた写真をたくさん見せられた。

インコにさして興味がなかった絢子も、一華のスマホの画面に映るインコを見て、これは可愛いと思った。一華の目というフィルターを通して写されたものだから、余計に可愛く見えるのかもしれない。

「そういえば、雨宮さん、犬とか飼ってるの？」

店から出て駅に向かって歩いていた時、不意に一華がそう言った。

「え？　飼ってないけど……なんでそう思ったの？」

「んー……何でだろう？　なんかそういう気配がしたというか、飼ってそうって思ったんだよねぇ」

何だろう、と絢子も考える。

犬、と言えば、白狼が道中に番犬をつけさせると言ってくれていた。

その山犬の姿はいま見えないが、もしかしたら既にここにいて、一華はその気配を察知しているのだろうか――。

「小さな、小型犬みたいなやつ。飼ってる気がしたんだよねぇ」

一華のその言葉に、絢子は理解した。

絢子のもとに白狼が特別におくってくれたのだ、と。

「……酔ってるんじゃない？」

「うーん、そうかも……気をつけて帰るわ。雨宮さんも気をつけてね！　じゃあ、よいお年を！」

そう言って、一華は楽し気な足取りでイルミネーションの中に消えていった。

絢子も反対方向へ向かって歩き出す。

家に帰ったら、白狼にすぐにお礼を伝えようと思っていた。

人気《ひとけ》がない夜の道を行くのは、怖いものだ。年末ともなると、酔っ払いや変な人も増える。イルミネーションの中で楽しそうに寄り添う人々の中を一人で歩けば、何だか自分一人だけが孤独だと感じることもある。

けれど、今夜の暗い夜道は楽しかった。

きらきらと、絢子の足元で、微かに光る小さな犬が見える。先ほどは街中の光が強くて見えなかったらしい。

……一生懸命に護ってくれている。

それが分かって、絢子はちょっぴり涙した。

☪

やがて、旧い年が過ぎ去り、新しい年に変わった。

その一月一日の深夜〇時。

「さあ、行くぞ」

普段より重厚な和装姿の白狼に抱きかかえられて、絢子は瞬間移動した。

光の道を通り、真っ暗な闇の中に出る。

その目的地にたどり着いた瞬間、絢子はブルッと大きく震えた。

「さ、寒っ……!?」

かなりの厚着をして来たのに、まるで足りていない。冷気が強すぎて完全に負けている。まるで防寒できていない。

そこに、びゅう、と風が吹いた。

瞬間、絢子は風で体勢を崩し——白狼に腕を掴まれた。

言われて、絢子はすっぽりと白狼の羽織の中に包まれる。

「ここに入ってろ」

瞬間、温かい湯にでも放り込まれたように震えが止まった。ちょっと前まであんなに心許なかったのに、急に安心してしまった。

「この時期の夜は、山犬ですら震えるからな」

羽織で絢子を包んだまま、白狼が言う。

絢子が連れてこられたのは、以前もやって来たことのある月芳山の奥にある岩棚だ。

だが、あの時よりも季節は進んでいる。しかも深夜だ。秋の日中とは比べ物にならない寒さである。

遠くの方に月芳神社境内の光が見える。

そして、遥か下界を見下ろせば、人の暮らす街の明かりが、砕いた宝石をちりばめたように瞬いている。

地上で満天の星が輝いているようだ。

「すごい、綺麗……」

「去年頑張った褒美に、お前に見せてやりたかったのだ」

「私、あんまり頑張ってない気もするけど」

「底辺からだと成長は分かりやすいのだ……というのは冗談でな」

白狼がすぐに補足した。

絢子がむっとしたのを察したらしい。

「絢子は素直に変化した。半年経たずに、だ。目覚ましい成長だぞ」

「私、素直……？」

「ああ、そうだな。そこはお前の美点だ」

「…………ねえ、白狼」

「なんだ？」

「私、結婚できると思う？」

絢子の問いに、白狼は虚を衝《つ》かれたようだった。

そして彼は、小さく、どこか寂しげなため息をついた。

「あの……そのため息は、できないってこと？」

「そうではない。これは俺の気持ちの問題で――」

「白狼の、気持ちの問題？」

「――いや、何でもない。気にするな」

ごほん、と白狼は何かを誤魔化すように咳払いをした。

「というか、藪から棒な問いだな。結婚は、相手を選ばなければ、そこそこ簡単だろうが――」

「私、結婚するなら、白狼みたいな人がいいって思うんだけど」

絢子は、素直に言ってみた。

それが美点だと評されていたので、思ったままに言ってみた。

その発言に、しかし白狼は珍しく狼狽えている。

「ば……馬鹿なことを……っ」

「そうだよね。馬鹿だよね、神様みたいな人と結婚したいなんて」

「それはそうだが……いや、そういうことでもなくてだな」

「じゃあ、どういうことが馬鹿なことなの？」

「考えなしなところだな」

「……ちゃんと考えてたのに」

絢子の頭頂部に、ごつ、と何かが刺さる。

白狼の顎だった。

そして強い力で抱きしめられる。上からも両脇からも、捕らえられてしまったように絢子は身動きが取れない。

……怒らせてしまっただろうか。

そう絢子は思ったものの、この状態では白狼の表情を確認することもできない。

「そもそも、だ」

ため息をつくように、白狼が口を開いた。

「絢子は結婚がしたいだけなのか？　結婚がしたいだけなのなら、知り合いの縁結びの木の神に掛け合ってやるぞ。俺みたいな者がいいなどと戯言《たわごと》を言ったり、考えたりすることもなくなるだろう」

「それは結構です。もう親とも和解したし……結婚は、したい相手がいたら、したいな、とは思うけど」

「ならば――」

「白狼がいいなぁ」

「『みたいな』が、抜けているんだが……」

「白狼は、私じゃ嫌？　っていうか、実は既婚者だったりするの？」

「独り身だし、お前じゃ嫌だ、とかでもない……だが、お前は人間で、俺は犬神だ」

「住む世界が違うっていうのは、分かってるよ」

「俺がお前を護るのは、一年間だけなのだぞ。そういう取り決めで――」

「更新できるんでしょう？」

絢子の言葉に、白狼が黙った。

腕の力が緩んだその拍子に、絢子は白狼の腕の中でくるりと身体を反転させる。

そうして白狼と向き合った。

「……それは、一体どこから」

「レオが夢枕に立って教えてくれた」

「お前の愛犬は、本当に言うことを聞かんな……」

「飼い主として謝ります」

「今のは悪いと思ってないだろ」

「っ、あのね、私、もっと成長するから！」

叫ぶように言った絢子に、白狼が目を見開いた。

「白狼が、見てて面白いってずっと思っていられるくらい……まだ、白狼に運気を上げてもらってるような状態だけど……でも、ちゃんと、この山の過酷さにも負けないくらい、一人でも強くなるから。白狼に、気に入ってもらえるようになるから——」

白狼と出会う直前のこと。

人生を諦めるには早すぎたと、あの時の自分を絢子は思い出す。

あれからいろいろあって、変わることができた。あの頃とは違う自分になれたと思っている。

ならば、この恋も諦めるには早すぎると思うのだ。

……今はまだだめでも、いつか大きく成長することができれば。

「だから、その時は結婚してください！」

静かな山の中に、絢子の声が木霊《こだま》する。

今日が賑やかな年明けの夜でなければ、森の中で眠っていた者たちから騒音の苦情が来ていたかもしれない。

絢子はじっと白狼の答えを待っていた。

「お前は、馬鹿なのか……」

最初に返ってきた言葉は、それだった。

人生で初めての告白、しかも決死のプロポーズだったというのに……。

しょんぼりする絢子に、しかし白狼は続けた。

「一人でなど、いつになるか分からんではないか」

「え……？」

「俺の人生は人間のそれよりも長い。だから、何十年も待てんぞ。添い遂げたものの、一瞬で寿命を迎えられたりしては敵わんからな」

「……あの、白狼？」

「俺と結婚したいというのであれば、待つのは札の返還期日までだ。それまでしっかり、俺が気に入るように鍛えるからな」

その言葉に、絢子は白狼にぎゅっと抱きつく。

まだ、諦めなくていいらしい。

はあ、と白狼が大きくため息をついた。

「まったく……こちらの気も知らずに、とんでもないことを簡単に言いおって」

「白狼の気？」

先ほどと同様に尋ねるも、白狼は「何でもない」と言って答えてくれない。

代わりに彼は、絢子を抱きしめ返してきた。

強く、優しく……絢子の全てを包み込むように。

「俺は狼だ。やる気がないなら、食うからな」

「うん」

「他の者との縁結びは一切協力せんからな」

「うん」

「やめると言うなら、今のうちだぞ」

「やだ。言わない」

は、と白狼が声を上げて笑った。

……と、彼は絢子の頬を両手で包んできた。

冷気で冷たくなった肌に、白狼の手から熱が伝わってくる。

あ、これは、キスされるのでは……そう思って、絢子は慌てて目を閉じる。だが、

「では、あと数ヶ月。もっと頑張ろうな」


……ふわふわした恋の雰囲気をぶち壊すその発言に、絢子は目を開けた。

不満げに、白狼をじとっと睨む。

「あの……ここは、キスをするところなのでは？」

「あいにく俺は人間ではないのでな。人間の作法は解りかねる。嫌なら――」

「好きです」

絢子が言うと、白狼は満足げに笑った。

それがちょっと小憎らしく思えて、絢子はぷいっとそっぽを向き、

ぺろ、と頬を舐められた。

「～～～～～～っ⁉　い、今、舐めっ……⁉」

「人間の作法は知らんのでな。山犬の作法だ」

霜焼けしたように顔を真っ赤にした絢子に、白狼はしれっと言った。

こうして、運気が上昇した絢子と、彼女を救った犬神様・白狼。

二人の結婚を目指す、あと数ヶ月を期限とした特訓の日々がここから始まる——。

本書は書き下ろしです。
この物語はフィクションです。
実際の人物・団体等とは一切関係ありません。

ポルタ文庫
犬神様《いぬがみさま》のお気《き》に召《め》すまま
2020年9月4日　初版発行

著者　三萩せんや

発行者　福本皇祐
発行所　株式会社新紀元社
〒101-0054
東京都千代田区神田錦町1-7　錦町一丁目ビル2F
TEL：03-3219-0921　FAX：03-3219-0922
http://www.shinkigensha.co.jp/
郵便振替　00110-4-27618

カバーイラスト　めろ
DTP　株式会社明昌堂
印刷・製本　株式会社リーブルテック

ISBN978-4-7753-1853-9